【第四版】ひめゆりの塔

―学徒隊長の手記―

西平英夫［著］

NISHIHIRA Hideo

HIMEYURI Monument

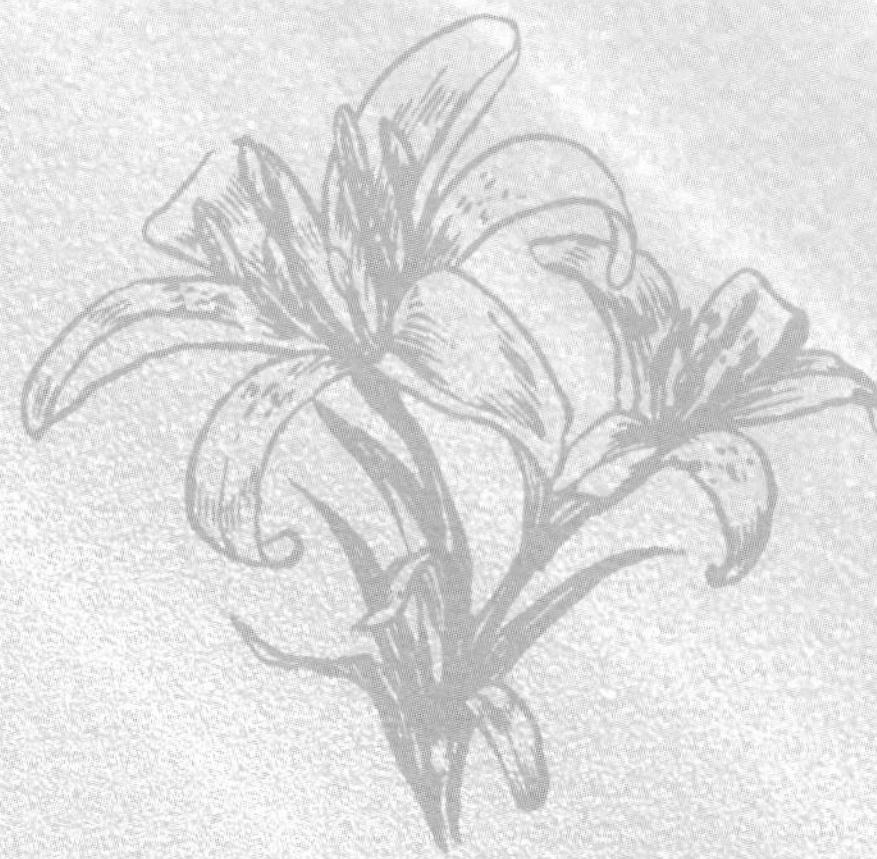

序にかえて

ひめゆり学徒隊を率いて沖縄戦を生きのびた父が死んで四十一年になる。四十五歳のまま老いることのない父の面影も、日ごとに私の記憶から遠ざかり、故人が心に懸けていた〝沖縄忌〟もやがて五十回を重ねる。あの悪夢の戦の傷痕は、いくさを生き残った人々の胸の奥深くたたみ込まれ、常には表れることも少ない。あの悪夢の戦の傷痕は、一時期あい次いで出版された戦争の記録もまた、人々の書棚の片隅でかろうじて場所を得ているのであろうか。

人は多くの場合、自分の生きた証を記録として残すことは少ない。例え何かを書き残したとしてもそれが公にされることは稀である。そして年月が身近な者の記憶からもその人を消し去ってしまう。しかし私は、ごく普通の平凡な人の一生の中の戦争の記録を、年月の流れの中に葬り去ることも、あの戦争を昔語りにすることも許されないと思ってきた。

沖縄戦にかかわった父を持ち、自らも人生の大半を昭和という戦争の時代に生きた一人として、ごく平凡な愛する者との生活や、夢と希望を無惨にもうち砕き、人々の心にいやし難い傷を残したものを、決して忘れることも許すこともできないからである。

沖縄から帰った父の心は、いつも沖縄に向いていた。私が高校二年生の秋のこと、指先の小さな怪我がもとで左腋下のリンパ腫が化膿し簡単な切開手術を受けた。膿盆に散った血膿を見て付き添っていた父が貧血を起し倒れた。看護婦に助け起こされた父は、「もう終りましたよ」といった医者に弱々しくうなずき、驚いている私に「大丈夫だね」と念を押した。その夜母は、あの時父は突然沖縄で負傷した生徒さんたちの姿を見たのだそうよと告げて深い溜息をついた。死ぬも地獄、生きるも地獄というが、私は父の苦しみを感じながらも何故かひめゆりの乙女たちが妬ましく思われた。そして私は父の娘ではなく、〝ひめゆり学徒隊長の娘〟なのだと自分を納得させた。

私は父から沖縄戦の状況や戦争についての思いを直接聞いた覚えがない。とても話せなかったのだと思う。しかし父の手記の原稿を清書させられる中で少しずつ知識をえた。父はできるだけ正確にありのままの記録を残したいと考えていたようで、自分の思いや感情は、下書きの段階で次々に削除された。私はその意図を理解できぬまま、ここは元のままの方がいいのにと言ったりしたが、父は取りあってくれなかった。

戦争を正確に記録することは難しい。どんなに生々しい体験もその戦争の限られた部分に過ぎないからである。しかし一つ一つの事実をつなぎ合わせれば全体像が浮彫りになる。それは第三者の仕事である。戦争に関する思いを伝えることもまた難しい。どのように言葉を尽くしてもそれは幸運な生き残りの思いであり、決して死者の恐怖や無念を伝えることは不可能だから、生き残った者の負い目は深くなり、口は重くなる。それは戦争の直接体験者であろうと間接体験者であろうと同じである。

私自身もなるべく自分が〝ひめゆり学徒隊長の娘〟であることを知られたくないと思ってきた。例え軍国主義教育の尖兵であったとしても私の大切な父である。その父の戦後の苦しみなど誰にもわかって貰えるはずもないし同情もされたくないという思いである。その一方で原爆被爆者や多くの戦争体験者に証言を求めそれを仕事として生きてきた。自分の心の傷にはふれられたくないのに、他人の傷口はあばく、身勝手である。

沖縄から郷里に疎開し、国民学校の複式学級四年に転入した私は、何故かすぐに〝いじめ〟の標的になった。話しかけても無視され父に買って貰った大切な筆箱を取り上げられ下敷を奪われた。休み時間に編物をしていると編針を折られ、放課後は皆の前で沖縄の学校で習った歌を唱えと強要された。それは授業中に先生に誉められたり発表を指名されたりした後は特に激しかった。ボスは同級生で父と兄を戦争にとられ継母と二人暮しの女の子だったが、小さな学校のほとんどの女の子が彼女に従っていた。私はなるべく目立たないように先生と目が合わないように祈りながら黙って耐えた。抵抗すれば妹や弟が皆の餌食になると思ったからである。もちろん親類に気兼ねしながら気丈に振舞っている母には、絶対に気付かれてはならぬと細心の注意を払いながら、心の中で生死も判らぬ父に助けを求めていた。それは敗戦後も止むことなくいっそうエスカレートしまさに地獄の日々であった。

私の緊張の糸は父の帰還でプツンと切れた。父はすぐに私の異常を察知し、母を説得して私だけを一足先に郷里から連れだしてくれた。転校の挨拶にいった日、私は彼女に言い放った。「あなたのお父さんもお兄さんも戦死したのは私をいじめた天罰よ。うちの父は神様が守ってくれたわ」。いじめっ子の顔がゆがみ机につっ伏して号泣した。この何とも後味の悪い残酷な自分の仕打ちは、その後私をさいなみ続け、誰にも話せぬ心の傷となった。戦火を直接体験せず戦災にも遭わず、死を覚悟していた父が無事に戻り誰よりも幸運なはずの私が犯した、死んでもなお許されぬ戦争ゆえの罪である。

私はあの戦争を生き残った者すべてに何らかの責任があると思っている。しかし戦争を始め、ひめゆりの悲劇や原爆の悲惨など数えきれぬ戦禍をもたらした真の責任者も己が罪を自覚しているのだろうか。


戦後五十年という節目をひかえ、戦争体験の掘り起しや検証の必要性が再び論じられている。その高まりはその後急激にトーンダウンして、やがて戦争を物語の世界に追いやるのではないかという危惧を感じるのは私だけだろうか。

そんな折に、聖戦を信じ若い命を戦禍に巻き込み、敗れて生き残った一教師の戦争の記録が、遠ざかる戦争の日々を今に引き戻し、明日を考える一助になってほしいと願うものである。

本書が多くの方々、特に幸せな「戦無」世代の目にふれ手に取って頂ければ幸いである。

松　永　英　美

△▷
終戦まもないころのひめゆりの塔とその周辺

▽現在のひめゆりの塔と歌碑

目　次

（本文中のさし絵は西平英夫氏の描いたものである）

日　譜［西平英夫・メモ］

一九四四年（昭和十九年）

10月10日　沖縄大空襲　那覇市灰燼ニ帰ス

一九四五年（昭和二十年）

1月1日　空襲　拝賀式ヲ校庭ニ於テ為ス

22日　第二回大空襲
本校爆撃サレ校舎ノ六分ノ一ヲ
失ヒ生徒二名埋没セラル

3月1日　空襲（早朝ヨリ）

23日　第三回大空襲　敵上ノ企図アリ

24日　同

［沖縄戦・概況との対比］

10月10日　米機動部隊、沖縄を空襲［沖縄大空襲］

1月3日　米機動部隊、台湾・南西諸島に来襲。

21日　〜22日、米機動部隊、沖縄に来襲。同月31日、第三二軍は現地「第二次防衛召集」を実施。翌2月、県下男女中等学校単位の「防衛隊」組織と、市町村単位の「国土防衛義勇隊」の編成が始まる。

3月1日　米軍艦載機、沖縄を攻撃。同月6日、国民勤労動員令が公布される。

23日　米機動部隊、沖縄本島の爆撃を開始。

24日　米艦艇、沖縄本島に艦砲射撃を開始する。14日、文部省は決戦教育措置（学校授業の一年間停止）を発表。17日、硫黄島の日本軍守備隊が全滅（玉砕）する。

25日　南風原（はえばる）陸軍病院ニ動員ス

4月1日　敵、嘉手納（かでな）ニ午前九時上陸開始

5月4日　日軍総攻撃開始ニ先立チ、敵攻撃熾烈ナリ　友軍又第一線部隊ヲ増強、総攻撃ヲ開始ス

5月25日　形勢革リ、真壁地区ニ転進ヲ命ゼラル

6月18日　戦車、兵、糸州（いとす）地区ヲ通過ストノ情報アリ
一〇時　決戦用意ノ命令アリ
一五時　学徒動員解散命令出（い）ズ

25日　県立第一高女生、南風原（はえばる）の陸軍野戦病院（球一八八〇三部隊）に動員。同29日女子師範生、同病院に配置。

4月1日　米軍、本島中西部海岸に上陸、北・中飛行場を占領。25日、米軍の第二回総攻撃が開始される。

5月4日　第三二軍の総攻撃開始。翌5日総攻撃に失敗、中止。9日、首里を中核とする防禦戦に転じる（～23日）。27日、第三二軍は首里から南部の摩文仁に撤退。洞窟陣地に司令部を置く。31日、米軍、首里を占領する。6月13日、海軍の主力部隊が小禄地区で玉砕する。

6月18日　ひめゆり部隊の動員学徒に解散命令が出る。第三二軍司令官・牛島満中将、参謀本部に訣別電報を打つ。将兵にたいして、「鉄血勤皇隊を率いて部隊の戦闘終了後はゲリラ戦に出よ」と最後の命令を下す。

6月19日　未明ヨリ夫々第一線ヲ離脱セシム

6月21日　軍司令部玉砕ノ報に接ス

19日　第三二軍司令部、鉄血勤皇隊の解散を命令する。

20日、大本営参謀総長および陸相、牛島司令官に訣別電報を打電。第三二軍の残存兵力と学徒隊、最後の総攻撃を行うも全滅。

22日　大本営、沖縄の玉砕（組織的戦闘の終結）を発表。

23日、牛島司令官と長勇参謀長、摩文仁で自決。

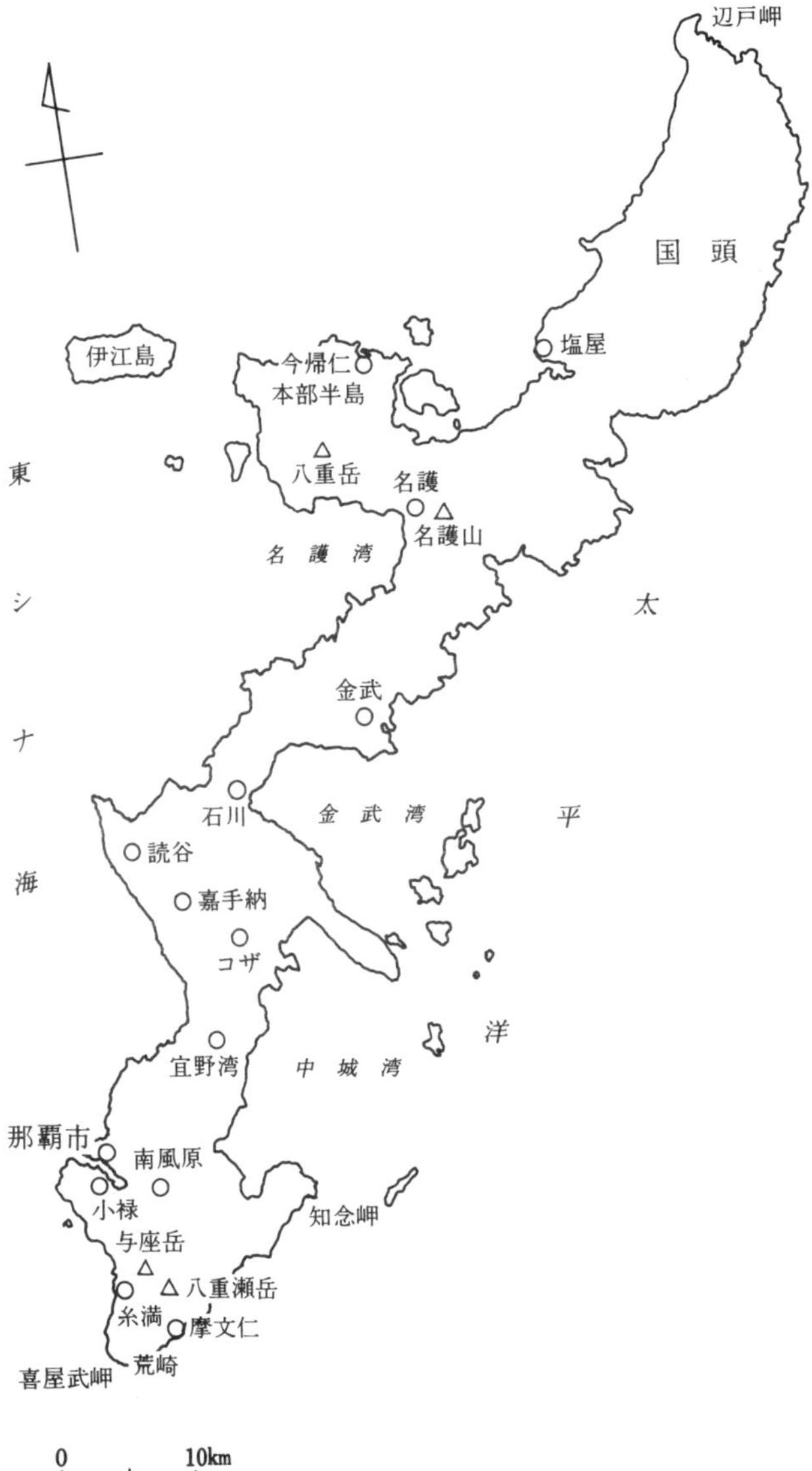

辺戸岬
国頭
塩屋
伊江島
今帰仁
本部半島
八重岳
名護
名護山
名護湾
東シナ海
太平洋
金武
石川
金武湾
読谷
嘉手納
コザ
宜野湾
中城湾
那覇市
南風原
小禄
知念岬
与座岳
八重瀬岳
糸満
摩文仁
荒崎
喜屋武岬
0
10km

第一部

うつりゆく学園

△プール設営作業　工事の大半は生徒の奉仕作業だった

一　ひめゆり学園

港を中心に展開した新興那覇市と旧王城をめぐる古風な首里の街をつないで、一本のコンクリート道路が常夏の丘陵をぬって白々と横たわっている。その中間にある安里——那覇の郊外、首里の山下とも言うべきところに、ひめゆり学園がいらかをならべてその偉容を誇っていた。

左側に沖縄師範学校女子部、右側に沖縄県立第一高等女学校の門札をかかげた校門の前には、柳に似た相思樹の並木が空を覆って繁り、南国の強い太陽をさえぎって気持ちのよい木影をつくっていた。玄関をはさんで左右にクロトンが赤・黄・橙と極彩色に繁って赤い屋根の校舎とよく調和した印象的な景観を呈していた。運動場への通路をはさんで、右に七棟、左に二棟、そのほか修養道場・講堂・体育館・図書館の大建築があり、約三千坪に及ぶ一大校舎が展開されていた。運動場は栴檀の大樹が西を限り、東はプールを距てて附属小学校に接し、南北にはガジマルの木影があり、トラックとフィールドは芝生で区切られ、庭園のように一本の雑草もないまでに手入れされて、女子学園の丹誠を誇っていた。附属校をまじえてこの景観は内地でも珍しいほどの偉観であった。

首里城の丘かすむこなた
松風清き大道に
そいていらかの棟たかし
これぞ吾等が学びの舎

そのいらかの下で、師範学校生二百八十名、一高女生八百名、計千名に余る可憐な少女が、毎日平和な、そして誇りに満ちた気持ちで快活に校歌を口ずさみながら勉学していた。

春にもなれば校内の至るところに白百合が咲き薫って、校内いっぱいに芳香をただよわせていた。その中で師範生は左向きの百合に女師の字を入れたバッジを、高女生は右向きの百合に高女の字をあしらったバッジを胸にかかげて、ほがらかな笑い声を至るところにふりまいていた。

友よいとしのわが友よ
色香ゆかしき白百合の
心の花と咲きいでて
世に芳しく薫らなむ

一高女は那覇・首里の者を中心に県内有力者の子弟を網羅し、師範は県下全般にわたって秀才を集めていただけに、勉学においても運動においても、県下はもとより他県の何校に比してもひけをとらないという自信に満ちて少女の道をみがいていた。

しかしこの平和な学園にも、大東亜戦〔太平洋戦争〕によって巻き起こされた大波が次々と押し寄せてきて、少女の夢を一つ一つ打ちこわしていった。まずそれは、相次ぐ若い教員の応召による教員不足となってあらわれた。その補充はいきおい県出身の教員をもってあてることになり、他県出身の教員が目立って減少していった。彼女らのある者は、そのやるせない寂しさを、「他県の先生は来た時はうまいことを言って私たちをおだて、去る時には都合のよい悪口を言って逃げて行く」と憤まんに変えて表現した。しかし彼女らの身内にも、父を戦場に送り兄を戦場に失うということが、相続いて起こるようになり、生徒の幾人かは靖国の遺児として参拝したり、両親に代わって遺骨の出迎えに出るようなことが多くなった。こうして時局の重大性を身にしみて感ずると、彼女らはいつとはなしに軍

△相思樹並木とひめゆり学園校門（昭和 18 年頃）

歌をうたい、〔軍事〕教練に力を入れるようになり、必勝の団結を固めていくのであった。さらにこの団結を単なる観念としてではなく現実に具現することを迫ったのはサイパン玉砕〔昭和十九年七月七日〕の公報であった。

昭和十九（一九四四）年七月十八日、この悲しむべき公報を、私は、瀬戸内海の島々をぬって何事もなかったかのように静かに西へすべって行く船の中で聞いていた。七月の初めに熊本市で開かれた生徒主事会議に出席したついでに、沖縄に赴任以来六年間一度も郷里に帰ったことのない妻子を郷里まで送り届け沖縄に帰任する途中のことであった。それはアッツ、タラワ、マキン、クエゼリン島等の相つぐ玉砕の公報とともに、戦局の日々に非なることを物語る以外のものではなかった。

船は内海を出ると厳重な警戒体制をとって南進した。油津（あぶらつ）〔現在の宮崎県日南市〕に一泊して、翌日も陸岸に沿って南下した。鹿児島に入港した時は雨だった。周囲の山に囲まれて、桜島のふもとにねむるかに見えた鹿児島の港は、近よって見ると異常な混乱とざわめきの中にふるえていた。上船して来た人を取り囲んで聞いてみると、街は沖縄からの疎開者でごった返しているということであった。どんな人が何人くらい、どうして、そんな事は尋ねても無駄なことであった。私は同僚や生徒に送られて出帆した時の那覇の港を思い浮かべ、それがこの二十日の間にどのように変わったか想像しようとしたが、それは不可能なことであった。知っている人々の顔を思い出してみたが、だれがどうなったのか一切見当がつかなかった。

船団待ちと情況待ちのため幾日か停泊したのち、船は哨戒機と駆潜艇に護衛されて南下した。二日二晩の不安を乗せて船はやっと七月二十七日、那覇港外に到着することができた。紺色の海の彼方に浮かぶ島には垣花（かきのはな）の燈台がいつに変わらず真白く太陽にきらめいていた。緑の松陰に点々と見える白い墓、そのふもとに立ち並ぶ赤い屋根、こうした船上から眺められる龍宮のような美しい光景は、以前と何ら異なったところもなかったが、埠頭に近づくにつれて、形勢の一変していることが明らかになった。そこは疎開者の荷物と思われるものがうず高く積まれているほかは、カーキ色一色にぬり替えられて、兵隊の勇ましいかけ声が周囲を圧し軍靴の緊張した響きがどこまでも続いていた。

上陸するとすぐにバスで学校へ向かった。安里でバスを降りてなつかしい相思樹の並木道を急いだ。〔学校に着くと〕校内の石柱の左側が無惨に倒れていた。地面にあざやかに残っているタイヤの跡で、石柱はトラックに押し倒されたのだと判断された。いつになく静まり返った玄関を上がって行くと、西岡〔師範女子部〕部長の声があって、

「やあ、よく帰った。大変だったろう」

と、出迎えてくれた。

「君、こちらも大変だった。沖縄はもう戦争が始まっているよ」

と、校長室にはいって聞かされた情況は次のようなものだった。

サイパンの情況があやしくなると、突如として軍が続々と上陸して来て、どの学校も宿舎に徴用され、本校も一時二千名の大部隊を収容したので学校を臨時休校にしたことや、寄宿舎では不寝番を立てて警戒したこと。一方では「まず縁故のある婦女子はすぐに疎開せよ」というので本校職員の中でも他県出身の藤野・本間らの女教師や、羽田先生の家族等が、生徒に別れの挨拶を言うまもなく荷物をとりまとめる暇もなく出発したこと。その後、軍司令部と交渉して軍医部と経理部に校舎の半分だけ使ってもらうことにして、一応落ち着いたこと。そんなわけで少し早かったが学校は夏休みにはいることにして、今では那覇・首里等通学可能な者だけで飛行場や軍陣地の構築に協力していること。

私は想像以上に急激な変化が起こっていることにただ驚くばかりであった。

廊下伝いに寄宿舎に帰ってみると、ここもまた、四百名近い寮生のうち本島内の者はすでに帰省してしまって、わずか先島（宮古・八重山）や離島の者が、四、五十名程度残っているだけであった。これらの生徒は、時局の緊迫とともに帰るにも船がなく、あるいは一年あるいは二年と親もとを離れて、雄々しく勉学に勤労に時局の波に耐えているのであった。その夜はこれらの生徒に取りまかれてよもやまの話をしながら、私の帰って来たことがいささかでも彼女らの慰めになることをしみじみとうれしく思った。

二　遅れた疎開

サイパンを攻略した敵の鋭鋒はさらにテニヤンに及んだ。われわれの、「敵も相当な損害を受けているから当分大丈夫」とか、「次は比島（フィリピン）だ。比島にくれば袋だたきだ」などという希望的観測にもかかわらず、沖縄は一歩一歩と臨戦体制に切りかえられていった。

縁故疎開に引き続いて、宮崎や熊本・大分等の受け入れ先が決まったので強制疎開が開始され、老幼とそれに附帯する婦女子がまず第一に取り上げられた。これに従って一高女の生徒は相当数疎開したが、師範の生徒は必ずしも都合よくはいかなかった。女学校であるならば、どこの女学校でも疎開者を受け入れてくれるが、（教員）計画養成をしている師範学校では必ずしも転校者を受け入れてくれるとは限らなかったので、八月中に疎開した師範生は、三百名中十五名に過ぎなかった。

九月になって新学期が開始されると、上京中であった野田師範学校長も帰任して、文部省の師範学校生の委託制度も明らかになったので、これらの疎開学生の取り扱いを協議した。西岡部長から「一高女のほうは私の責任において決めますが、師範のほうは校長先生で決めて下さい」と発言があって、いろいろと協議した結果、「師範のほうは将来国民の指導者になるのだから、ただ疎開したい者はせよで放置するわけにいかない」という意見で、「疎開の一般方針に従ってよく事情を調査の上許可し、許可した者は委託生にする」ということに決定された。その取り扱いには生徒主事であった私が当たらねばならなかったのであるが、実際問題としては大変むずかしいことであった。

まず老幼婦女子といっても、その中で女子青年の単独疎開は認められないのが一般方針であった。従って女子青年に当たる師範学校生、特に本科生は家族とともにその生活の必要に応じて疎開しなければならなかった。しかしこの家族疎開は実際上縁故があるか、他に何らかの生活の見通しがなければなかなか実行出来るものではない。それが那覇・首里等の指導者階級や商人等の子弟の多い一高女に疎開者が多く、田舎出身者の多い師範生に疎開者が少ないという数字になってあらわれ、さらに師範生の中でも都市出身者の多い本科生に多く、田舎出身者の多い予科生に少ないという差異を生み出している。この「本科生に多く予科生に少ない」ということは老幼優先の原則とは全く逆な現象になっていると言わなければならない。八月中に疎開した師範の十五名も全員本科生ばかりである。予科の生徒のほうが年少者であるから出来るだけ疎開させてやるべきであるが現実は必ずしもそうはいかないのである。

このような現実が生徒間にも敏感に反映して妙な空気をつくり出していく。無邪気な予科生らは、「先生、私たちは最後まで頑張るのです。どうにもならない時が来たら、国立の学校ですから軍艦で疎開させてくれます」などと言う者もあった。なるほど、最も合理的に問題を解決する方法はこれ以外にないわけだが、それは小学生の疎開さえも緒についたばかりの現実においては、全く夢物語にすぎなかった。それを知りつつもかく言う師範生の真意がどこにあるか私は考えざるを得なかった。

九月になってからの一般状況はやや異なって来た。それは疎開者の風評がいろいろと伝わって来たからである。受入準備が十分でないので非常に困っている。寺や公会堂等の集団生活を長い間辛抱しなければならない。それから地方に分散しても、沖縄よりもっとひどい田舎であったり、農家の馬小屋や納屋に住まなければならない。内地も食糧が窮屈で、知り合いもない沖縄県人の場合どうにもならない。あわてて来たけれど本土は大変寒い、これから冬にでもなれば十分に防寒具を持たずに果たして耐えていくことが出来ようか。こういうことが次第に明らかになって来ると、むしろ郷土に踏みとどまったほうがよい、どこで苦労するも同じでないかと考えるようになった。それにもまして大きな衝撃を与えたのは学童疎開の惨事であった。〔昭和十九（一九四四）年〕八月二十一日、七島沖で学童疎開船の一隻が撃沈され一瞬にして八百の学童が太平洋の黒潮に飲まれた〔乗船一六六一名、死亡者一四八四名。うち学童七五八名／対馬丸遭難事件〕。いかに情報をかくしても、子を思う親の耳を覆うことは出来ないもので、「子供ばかりだから多くは甲板に出ることも出来ず船もろとも海底に沈んだ」「海にとび込んだものも爆雷のために皆はらわたをさかれて死んでしまった」「筏に乗って避難したが波にさらわれていく小さな子供をどうする事も出来なかった」「幾日も漂流しているうちに飢え死んだ子供の死体を綱で結んでひいていた」というような情報は、沖縄の親たちを深い悲しみの淵につき落とすとともに、一方疎開をおそれ、むしろ死ぬならば郷土沖縄で死にたいという諦観に導いていったのである。「米を食う虫なんかおらぬほうがよい」と、どこかの時局懇談会で、長〔勇（ちょう・いさむ）第三二軍〕参謀長が言ったとかで、これをきき伝えた人々は大変な憤激であった。「おれたちだって人間だ。米食う虫とは何事だ。死んでしまえと言うのか」などと、疎開させたいという意図とは違った方向に解釈されるありさまであった。

もう一つ、根本的な事情があった。それは方言問題であった。沖縄方言は、日本語ではあるが、その独特な訛りのために、標準語とはかなり異なったものであることから生活上の障害をもたらした。明治以来教育の普及によって四十歳以下の者はりっぱに標準語で話せるが、四十歳以上にもなると有識階級の一部を除いては、標準語を話すことも聞くことも出来ないありさまであった。このことがどれだけ多くの沖縄の老人たちの疎開をはばんだか知れない。老人たちはむしろ、「言葉もわからないところで苦労するよりはおれたちは先も短いのだから沖縄と運命をともにする。疎開はむしろ若い子供たちにやらせたほうがよい」というふうに考える人もあった。それは疎開の必要を思う若い者たちの心をもにぶらせるものであった。

一高女に五十を過ぎた大城つるという先生がいたが、舎監をしていたので、先生には苦衷を聞かされたものである。先生は女子大の英文科を出た沖縄女性の先覚者の一人であるが、九月に子供たちを疎開させただけで、自身は「どんなことがあっても沖縄を守らなければ」と勇敢に女学生や、師範生を指導してくれていた。「子供たちを育てるために母として私も生き抜かねばならないと考えるようになりました」と言って疎開したのは、十月十日の大空襲があってから相当の日が過ぎてからであった。

十月十日の空襲は一日で人口七万の那覇市を、焼野原と化してしまった。家を焼かれ財を失った市民のうちから疎開する者が一時増加したようであるが、それが一段落すると、敵の鋭鋒がフィリピンに向かい、沖縄は一息つく余裕を与えられたことと相まって、疎開は遅々として進まなかった。昭和二十（一九四五）年一月二十二日、二回目の大空襲があって、いよいよ沖縄危しと感ぜられたころには、疎開したくても乗る船がない事情になっていた。

本科二年の新里キサが、「親が疎開することになったので疎開をしたい」と願い出たのは二十年の三月になってからであった。学業成績もよく気だてのよい生徒であっただけに、「卒業を前にして疎開するのは皆に対して済まない気持でいっぱいです」と言っていたので、事情を聞いて、「疎開してお母さんや妹たちをしっかり守ってやりなさい」と送ってやった。しかし彼女はついに船には乗れず、郷里の与那原で所在部隊に協力していたが、戦死してしまった。また本科一年の宮城ヨネも同じような運命をたどった一人である。

かくして三月二十二日、敵来襲の直前、親と子が別々の船に乗り、人が乗っても荷物は残るという狂気のような混乱の中で出帆した疎開船を最後として、四十五万を数えた沖縄本島民のうち何人が疎開し得たであろうか。それはようやく五万を越える程度に過ぎなかったものと思われる。一高女生は半数以上の者が疎開したが、師範生は本科三十名、予科六名に過ぎなかった。

今に心に残ることは、上間道子のことである。家庭に事情があったために、在学中の面倒を一切学校にまかせるということで入学した生徒であった。以来三年ほとんど親のもとに帰ることもなく寄舎で育った生徒であり、成績もよく性格も素直で皆から好かれ、特に子供の時に覚えたのか浪花節がじょうずで師範中の人気者でもあった。三月の初め、親が疎開すると言って来た時、本人は沖縄に残って勉強すると言うのでそのまま残すことにしたのであるが、これが彼女の運命を左右することになった。沖縄最後の日、学徒隊の解散直後第三外科で名残りの浪曲を吟じている時に敵襲に遭い、学友とともに薄幸な運命を終わったのである。たのまれ甲斐もない親代わりであったことを嘆ぜざるを得

△標準語アクセント指導

△宮古諸島への疎開風景

ない。

便船がないために帰るべくして帰ることが出来ず、寄宿舎に残っていた離島や先島の生徒も気の毒であった。八重山の者等は平素でも長い夏休みだけしか帰省することが出来ないくらいであるから、こんな情勢下では全く帰郷の望みがないものと観念していた。八月には岸本君〔同僚の教官〕と協力して幾度か港に出て便船を求めたが、八重山よりは近くて栈帆船でも帰れる宮古の者と離島の者を若干帰省させることが出来ただけであった。沖縄より南へ向かう船は軍需船か輸送船かで、この事情は後になればなるほどひどくなるばかりであった。私はせめてもこれらの生徒の心を慰めるために正月にはいろいろの行事を考えてやりたいと思った。親もとから帰校して来る学友たちと話し合う時に彼らも同じように愉快な話題があるようにと、お餅つき、カルタ会、演芸会、すき焼会等々、彼らを楽しい気分にひたらせることに努力した。それでも彼女らのすべての気持を満たすことは出来なかった。これらの生徒のうちで大舛清子、仲本好子、新垣キヨなど戦争中〔陸軍病院〕本部員として私の手元におきながらその死さえ見とどけることの出来ない者を出したことはなんといっても残念である。

十月の大空襲以後は、沖縄でも比較的山が多く、敵の上陸の可能性も少ない国頭地方への疎開が進められた。国頭ではそれぞれ山中に小屋を建てて、いざという場合にそこへ避難する用意が進められた。那覇市内の校舎が焼失した中等学校では国頭に仮校舎をたてて、そこに生徒を収容したところもあった。わが校でも何らかの処置をとるために現地視察をしていろいろと物色したが結局適当な場所を見つけることが出来なかった。第一の難点は食糧問題であった。山地で耕地が少ないため食糧の補給見込みがつかず、またこれを他から運搬する便もなかった。第二に少なくとも二百名を収容し得るような宿舎の建設である。たとえ山小屋のようなものにしても、その資材の入手見込みが全然つかなかったことである。

民間人の悩みも全くそこにあった。一方、軍民一体の覚悟を持つ多くの人々は「むしろ軍の主力のある首里・那覇附近にとどまることが最善である」と考え、首里や那覇の人々の多くは島尻（しまじり）にとどまることになった。国頭に疎開した人々のうちで犠牲の多かったのは老人と子供であり、そのほとんどが栄養失調と慣れない山中生活から来る疾病によるものであったと伝えられている。佐久本（さくもと）教官も老父母を伴って国頭に疎開したが同様の運命をたどるよりほかなかった。

三　陣地構築と勤労動員

八月以前の沖縄は南北〔小禄・読谷〕の飛行場を除くほかは何の防御陣地もなかったと言ってよい。しかし今や沖縄は早急に防衛せねばならぬ立場におかれることになった。

師範学校男子部は主として首里の軍司令部の陣地構築に動員された。女子部と一高女は那覇市周辺の高射砲陣地の構築に動員された。それは炎天下の土木工事である。垣花（かきのはな）や泊（とまり）の台上に、はるか下のほうから三十人、五十人の長列をつくって、ザルで土を送る作業である。掘る者、入れる者、発送する者、手送る者、あける者、空ザルを返送する者、みんな調子を合わせて流れるように土を送ってゆく。一人の不注意がすぐに響いて全体の流れを止めてしまうのだが、張り切った生徒はほとんど失敗するということはなく、「用意！　始め！」と言う班長の合図とともに「ホイ、ホイ、ホイ」とザルがのびていく。真白な上衣もいつの間にか表まで汗がにじんで、土ぼこりに汚れていく。額から頬から玉のような汗が流れても拭うことも出来ない。拭えば送りが絶えるばかりでなく顔が土まみれになってしまう。班長の「休め」の合図とともに列は下のほうからくずれてにぎやかな話し声が次第に山の上に伝わっていく。こんなことが何回かくり返されて夕方作業を止めるころには声もかれ、汗も乾いて、くたくたになってしまうのだけれども、台上に築かれていく陣地が日一日と高くなっていくことにすべてを忘れてよろこぶのであった。以前は本土の学徒動員の話を聞くたびに、沖縄には動員すべき工場もなく、協力すべき軍もなく、いたずらに腕を扼して嘆いたものであったが、今ではだれもが生き甲斐を感じ勇躍しているようであった。

兵と生徒とは初めのうちはお互いに警戒しあっていたが、次第に打ちとけて兵は生徒をいたわり、生徒は兵を励ますような気風が自然と出来上がって来た。昼の休憩時になると、芸達者や兵隊が、「どうかわれわれの演芸会を見てください」などと浪花節やら漫才やら、引率の教員が苦笑しているのも知らない顔で、生徒を逆に慰問しているような場面も見られるようになった。しかし、なんといっても炎天下のこの肉体労働は彼らの力を消耗させるものであった。元気に歌って帰るけれども、それは歌わなければ歩けないのかも知れないのだ。私は生徒の健康状態を注意した。許される限り休養をとらせることに苦心した。そのために初めは三部制で、一部は動員、一部は校内作業、一部は授業で出発し、後になっても、二部を動員すること以上には出なかった。すなわち三日のうち一日は学校で授業を受け身体的な休養にあてたわけである。

ある時、乗馬の将校が来て、校内作業の十数名の生徒を指揮している私に、生徒を動員によこしてくれと強談判に及んだ。事情を話して断わると「そこに生徒がいるじゃないか、それをよこしてくれ」と言う。その時は一朝空襲のある場合生徒を収容する壕がまだ出来ていなかったので、そのわけを話すと、「軍がなければ、生徒を入れる壕などあっても何の役にも立たないのだからその生徒をくれ」と

◁食糧増産
生徒たちも授業時間をさいて鍬をふるう（昭和十八年頃）

▷バケツリレー
空襲にそなえて消火訓練

△防空壕掘り

強引に迫って来る。「せっかくですがお断わりしましょう」と言うと、「なに！」と刀に手をかけた。若いから腹がたったのであろう。彼の立場もわからないことはなかったが、私は一歩も譲ることは出来なかった。生徒は小さくなって私の後で袖をひいていた。

その当時寄宿舎に三百名の生徒がいた。いったん空襲があった場合素掘りの防空壕などは何の役にも立たないと考えられた。私は学校の近くの旧軍の看的壕を利用して被覆一・五メートルの壕を造っていた。農場周囲の防風樹を切って、それを製材運搬して掩蓋（えんがい）を造るのであるが、女生徒を相手としてこの作業は遅々としてははかどらなかった。この作業の最中であったのだから、私は断乎として譲らなかったのである。十月十日の空襲以後はこの壕はたびたび生徒の待避に使用された。そのたびごとに生徒はこの時の話をするのであった。

休養をとらせるほか、栄養を保持することが必要であった。当時配給は二合三勺（約四一五cc）で発育盛りの生徒の要求に答えられないことは明瞭であった。動員に出た時は加配があったが、それでも十分でなかった。これを補給するため毎日三十貫（一一二・五kg）の甘藷を必要とした。そのいもを補給するにも食糧統制の枠があって自分で作るより手段はなかった。学校ではすでに近くのオランダ屋敷跡一町歩を開墾してその備えはあったが、それでも不十分なので与儀（よぎ）（那覇郊外）の農事試験場に労力を提供する代償として試験場のいもの無償譲渡を受けることにした。十月の大空襲の後、県の配給機関が停止して一週間近くも配給がなかった時にも手持ちの食糧でようやく切り抜けることが出来たのは、こんな苦労があったからだと思われた。十月空襲の後は生徒もよくこの事情がわかってそれぞれの室の前庭を排して造った自活園にも自慢の野菜が繁るようになった。共同園の野菜が切れれば、いつでもその野菜の供出を求めることが出来た。花壇もだんだん小さくなって最後には各室半坪になっていたガーベラやデイジーなどが続々と咲いて彼らの情操をつちかっていた。

栄養の中でもたん白の補給は難中の難事であった。肉も魚もすべては軍用に徴発されて、生徒や民間人の手にはいることはまずないといってもよかった。大豆を入手して植物性のたん白で補うことが唯一の方法であった。しかし生徒はそれをよろこんでくれた。ごじる〔すりおろし大豆を加えたみそ汁〕の味を思い出さない者はいないだろうと思われる。一番しゃくにさわったのは校内にいる軍関係者が毎日肉やてんぷらのにおいを遠慮なくさせることで、夕方動員から疲れて帰って来る生徒のことを思うと我慢のならぬことであった。部長を通して抗議を申し込んだ結果、残り物だがと言って時々魚や肉を回してくれるようになった。山羊を飼育して一か月に少なくとも三頭の割合で生徒の食膳にのせることが出来るようになった。それにもかかわらず激しい日々の作業は生徒の健康を奪って幾名かの要休養者の出るのを防ぐことは出来なかった。沖縄戦に参加しなかった休学者の中にはこれらの犠牲者が含まれているのである。

たび重なる空襲はその都度防備の無力なことを思わせて陣地構築の作業はいっそう急を告げて来た。しかも一方、疎開による労力の減少はようやく表面にあらわれるようになった。沖縄にいる者はすべてそのために立たねばならなくなっていった。師範の動員先も次々と拡大されて最後には識名(しきな)(首里の近く)の高射砲陣地と垣花(かきのはな)陣地それに津嘉山(つかざん)の重砲陣地の三か所になった。土運搬作業のみでなく石割り作業――沖縄には小さな河原石がないのでその代用品をつくる――までやるようになった。

ある日重砲隊の下士官たちがお礼と言ってわざわざ飴玉を持って寄宿舎にやって来た。それはもう三月にも近いころだったと記憶している。

「今日は生徒の皆さんにお礼にまいりました。おかげで陣地もほぼ出来あがりました。これならりっぱに敵を迎え撃つことが出来ると、われわれ一同よろこんでおります」。

「いや、いっこうお役に立ちませんで恐縮でした」。

「本当によくやってくれました。これはわずかですが、ご厄介になった生徒さんにあげてください」。

この間、舎監室で迎えたわれわれに対しずっと不動の姿勢でいる。私はこの真摯な若い下士官たちを見て非常にたのもしく思った。

「今日はお祝いのつもりで、これを持ってきました」と酒を入れた水筒を見せて、「やらせてもらってもさしつかえありませんか」と断わってから、始めるに至って、私はおのずからほほえましくなるのを禁ずることが出来なかった。私は生徒を呼んでお礼を言わせ、約一時間ばかり言葉少なにではあるが愉快に話して帰って行った。彼らは重砲学校の学生であった。おそらくわが生徒の加勢した陣地で力の限り奮闘して散っていったことと思うにつけ、彼らは生徒たちの姿の中に遠く郷里で彼らの武運を祈っている妹たちの姿を求めて最後の別れを告げに来たのかも知れないと思われてならない。

四　突然の空襲

昭和十九（一九四四）年十月十日——この日は日本の都市が初めて敵の機動部隊の空襲によって壊滅した日である。

本土ならばもう秋で紅葉に色どられる季節であるが、常夏の沖縄はまだ日の光が強く、夜にはいって澄んだ空に真珠のようにきらめく無数の星にようやく秋を感ずることが出来るぐらいのものであった。

われわれは相変わらずの動員でぐっすり寝込んで、まだ暁を知らないころであった。突如、東の空から爆音！　変だなと外にとび出してみると、早くも黒い機影が西に向かって過ぎていく。

「空襲！」

けたたましいサイレン！

一瞬にして、朝の静寂は破られ、空襲、空襲の伝声は次々に伝わっていく。バタバタと足音。モンペを持ったまま、頭巾をもったままの生徒がとび出して防空壕へ走っていく。もう空は敵機でおおわれ、爆音は耳を聾（ろう）するばかり。爆音に交じって人員点呼の番号が聞こえて来る。ダーン、ダーン、と那覇方面で爆弾の音がする。やっと生徒の動く姿がなくなって待避を完了したらしい。

このころになってガジマルの木陰から空を仰ぐことが出来た。銀翼を朝日に輝かせて空高く真一対字に飛んで来る機影、異様な爆音をとどろかせて急降下に移っていく黒い機影、いずれも初めて見る敵機乱舞の光景であった。白い機影と黒い機影いずれかが友軍機でないかというような感じさえした。那覇、小禄（おろく）の方向は早くも黒煙につつまれていた。やがて「ポン、ポン」と高射砲の応射が始まって、敵機の前後に白い花のような煙の模様がつくられていくがなかなか命中しない。

ようやく、空襲の第一波が終わって、敵機がまばらになったので、生徒に第二次待避を命じ、次々と一丁ほど離れた坂下壕に移すことが出来た。その壕は元の射撃場の看的壕を改造して、ようやく四、五日前に完成したものであった。絶対安全なものではないが被覆も一メートル以上もあるので、機銃掃射には耐え得るし、山の直下にあるので位置もよく、待避をした生徒もわれわれも安心感を持つことが出来た。その日は終日そこから、激しい那覇空襲を見物するようなことになった。壕の人口が那覇方向に向かっていたのでよけい都合がよかった。前のほうに乗り出して見れば那覇上空が全面的に見えるし、奥のほうから見ればスクリーンのように限られた空が見られるのであった。

それまで極度に緊張していた生徒たちも、すっかり落ち着いて、それぞれ勝手な質問や話し合いをするようになった。一機二機と数えている者もいた。「今は飛行場と港がやられているのよ」などといかにもわかったようなことを言う情報部長も出て来た。そのうちにだれ言うとなく友軍機がいつ来るかが問題になった。飛行場がやられて飛べないのだと言う悲観論もあれば、友軍機は敵の空母を攻撃しているのでこちらへは来ないのだと言う戦略家もいた。その時突如、我々の上空二、三百メートルのところを、恐ろしい爆音をとどろかせて飛んで行く友軍機が一機、これにはまさしく翼に大きな日の丸があった。「友軍機、友軍機」と言う間もなく飛び去ったが、これがこの日の唯一の友軍機であった。

高射砲もなかなかあたらなかった。高射砲が炸裂するたびに皆はかたずを飲んだ。あれは垣花（かきのはな）の高射砲だとか泊（とまり）の高射砲だとか、生徒は動員作業を思い出しているのであろう。兵隊の名前まで呼んで、次はあたるように次はあたるようにと祈るようであった。しかし午前中は一機もおちなかった。午後三時ごろになって初めて敵機が火をふき墜落した時は、壕内にわれるような拍手と歓声が起った。

敵の攻撃はすべてわれわれの頭上をこえて、西に向かい、しばらく行って降下姿勢をとっていた。私は自分のいる位置が首里城を越えて来る敵機に対しては非常に安全であるのを発見した。山の下なので急降下も出来ないし、水平爆撃をするにも目標にはいりにくいと考えられた。那覇方面から来るのは危険だが、その日は、ほとんど西方海上へ飛び去って引き返して来る敵機はなかった。

敵の空襲は第二波第三波とくり返されて次第に目標が変わっていった。最後に那覇市の焼夷弾攻撃が行なわれた。那覇市は見る見るうちに白煙で覆われ、黒煙が立ち上り、赤い火柱が各所に立った。敵機が去って夕闇が迫るころには紅焔が天をこがして炎々と燃え狂っていた。

壕内は悲痛な空気に包まれていた。那覇市全滅、死傷者続出、こんな光景が皆の頭を占領していた。那覇市出身の生徒が自分の家へ帰りたいと言い出した。当然のことながら、私はこれをおさえた。那覇市は火の海であり、市民はすでに移動している。この混乱の中に生徒を送り出すことは無謀であると考えたからである。やがて那覇在住の教官が駆けつけて来た。那覇市全滅、市民は北へ南へ潮のように退避中で大混乱であるとのこと、生徒は口々に自分の家の安否を尋ねたが、すべて全滅という答えであった。「幸い学校は無事であるから生徒は落ち着いて家族より連絡があるまで待て」と命令してやっと落ち着かせることが出来た。しかしその夜のうちに連絡があって家族に引き渡した者は二、三名に過ぎず、家族との連絡が完了するまでには四、五日を要する状態であった。

この空襲はわれわれにとっては全く突然であった。校庭には電探の塔もあって、通信隊もいたのであるが、われわれは何の予報も得ることはなかった。また学校の講堂では当日は兵棋会議（作戦会議）が予定され、前日から極秘裏に会場が設営されてわれわれは付近に立ち寄ることも禁止されていた。軍のほうも突然であったためかその会場もほうりっぱなしで翌日になってもかたづけるものもなかった。私は牛島〔満（うしじま・みつる）第三二軍〕司令官以下各将官の名札を思い切って取りはらっておいた。

またこの空襲によって平素の防空訓練がいかに微力なものであるかがわかった。もちろん一高女の一女生徒が父と協力して焼夷弾を処理して燃焼を防いだために下泉（しもいずみ）町の一角が焼け残ったというような美談もあるが、多くは混乱そのものであった。県庁では庁舎が焼けなかったにかかわらず知事以下首脳陣がその夜のうちに嘉手名に移行してしまって、旬日〔十日ほど〕を過ぎるまで那覇には帰らなかった。食糧営団も混乱のため一週間近く配給を停止して、大勢を収容している寄宿舎の運営は困難を極めた。また、われわれは夕刻救護隊を編成して待機したが、防空本部との再三の連絡もとれず、出動したのは翌朝であった。

こうして、十月十日の空襲はわがほう、軍・民に甚大な損害を与えるとともに、非常な精神的打撃を与えたものであった。

それから二日目翼下に日の丸を輝かせて、わが戦闘機、爆撃機、雷撃機の大編隊が空を圧して南下し、台湾沖の空海戦が行なわれて、大本営発表の勇ましい軍艦マーチとともに大戦果を聞くことが出来た。空襲の仇討をしてくれたのだと思った。沖縄もようやく打撃から立ち直ることが出来、以前にも増して真剣な敵迎戦の準備に邁進するのであった。

しかし天佑われにくみせずと嘆くべきか、十月末日に沖縄を襲った季節はずれの台風は実に強烈なものであった。

海岸から吹き上げる潮風は、一朝にして沖縄の山野を灰色に化してしまった。いもも野菜もきびも皆潮枯れてしまって、ただ呆然とするよりほかなかった。常緑のガジマルの葉さえ二、三日たつと茶色に変色してバラバラと落葉する始末であった。それは私が七年間沖縄に在住したうちで、一番強烈な台風であり、しかも局部的なものでなく沖縄全島を覆うものであった。十月の空襲からようやく立ち直ってそれぞれ郊外に住居を求め、田舎の知人をたよって分散した那覇市民にとっては、再び酷烈な天災が加えられたのである。

しかしわれわれは屈服しなかった。翌日よりここの谷間、あそこの山陰に生き残っている植物を求めて復旧に努力した。かかる努力と動員のうちにやがて十九年は暮れ、〔昭和〕二十（一九四五）年を迎えた。

一月一日にも小規模な空襲があったが、二十二日にはまたしても暁闇を破って突如、大空襲が加えられた。

前回の経験があるので生徒の待避は落ち着いて行なわれた。坂下壕に行く途中には川沿いにたこ壺壕が作られて逃げ遅れた時や空襲中の連絡に使われるようになっていた。この日も敵の目標は飛行場、それに港湾施設が第一に選ばれたために午前中は案外落ち着いていることが出来た。しかしこの馴れた気持が敵の攻撃を誘発したか、今度は学校が攻撃されることになってしまった。

正午ごろ、私が学校の西側のガード下の暗渠を利用した壕にいる西岡部長に連絡に行った時には、運動場には軍の経理部の炊事班が十四、五名、昼食の用意に立ち働いていた。部長との連絡を終わって坂下壕に引き返すために再び運動場を通る時、那覇方向から三機、学校のほうに飛んで来た。頭上を通過したのでやれやれと思っていると急に反転した。一瞬「来るぞ」と感じて私は駆け出してすぐ門外の農場にとび込んだ。何発かの爆発音を聞いたのと、弓場の土手に伏せたのとは同時であった。激しい爆風、それに続いておびただしい土砂が頭上に落ちて来た。気がついてみるとそこには本科二年の石塚もいた。顔見合わせてニッコリお互いの無事を感じながら土けむりのうすれるのを待って立ち上がって見ると、今通ったばかりの運動場、それに寄宿舎、校舎の中央あたりにもうもうと白煙が立ち上っていた。

運動場をのぞいてみると、北側に落ちた爆弾は図書館を破壊し、逃げおくれた兵を吹きとばしてしまっている。「危なかったなあ」と、今さら胸がときめいてやまない。しかしここは兵隊しかいないからと思って部長のいる西部に連絡をとりに出かけた。すると生徒が走ってきて、ガード下の壕は至近弾に見舞われて一方の一口が閉鎖され大変だが死傷者はないとのこと。やれやれと安心していると、東郎川沿いで生徒が生き埋めになったと連絡の声が聞こえて来た。「これは大変」と急いで駆けつけて見ると、たこ壺から二メートルくらいの至近距離に径五メートルくらいの大穴があいて、たこ壺は無惨にも押しつぶされていた。幸い川向いにいた兵隊が目撃していたのですぐ駆けつけてすでに一人は救出され、二人目を救出しているところであった。頭が見えた。手が見えた。生きている。宮里チヨ(みやざと)である。胸が出た。総がかりで引き出して見ると案外元気である。私はなおもその周辺の壕を掘ってもらったが、他には被害がなかった。軍医の診断によると、ショックを受けているがどこにも異常がなく、二、三日念のため休養をしたらよかろうということなので安心することが出来た。

状況を部長に報告に行くかたわら、被害を調査したところ五個の爆弾が投下され、一発は東方の畑に一発は西方の壕近くに、残り三発は校内に落ちて、運動場と図書館、寄宿舎の南寮、ほぼ中央にある第三校舎がめちゃめちゃに破壊されていた。最も悲惨だったのは運動場、そこでは兵及び軍属が十数名死傷し、石塀にたたきつけられて惨死した者、壕にはいりおくれて首のなくなった者、爆風にとばされて樹木にかかっている者など惨憺たる光景を呈していた。

南寮に落ちたものは五つの部屋を全壊させ、約三坪もあるコンクリートの天水用タンクの蓋を二メートルばかり吹き飛ばし中に保管していた生徒の貴重品及び食糧を押しつぶしていた。中央のそれは六棟もならんでいる校舎の中央に大穴をあけて第三棟の教室及び寄宿舎北寮の三室を破壊していた。このような被害のために、私は舎監長としてとりあえず通学可能の者を自宅に帰し、残りの寮舎の復旧状態に応じて寮経営の根本策を考えることを決心して、部長の指示を仰いだ。

幸い首里・那覇方面の被害は少なかったので、その夜のうちに最寄の者は帰宅させることが出来た。連絡しておいた宮里の親も来校して、引き取ってくれた。他は翌朝になって出発させた。

そのうち被害校舎を解体して、陸軍病院に運搬、いよいよ戦争の始まる時に備えて三角兵舎を築造することになり、翌々日から工兵隊と男子部の生徒がこれに当たった。われわれは残留の生徒を使って、後片づけと寮舎の修理に全力をあげ、寄宿舎二十一室中十四室を復旧することが出来た。そして予科一年生は全面的に帰郷させ、他学年中通学可能な者は寮経営に必要な一、二名を除いて通学させることにして、再起することが出来たのはおよそ一週間の後であった。

五　看護訓練

一〇・一〇空襲に引き続いて敵の鋭鋒はフィリピンに向けられた。陸海空をあげてのわがレイテ作戦〔昭和十九（一九四四）年十月二十四〜二十六日：レイテ沖海戦〕も、われわれの期待にかかわらず容易に戦果をあげることは出来ないようであった。首里城を中心に沖縄の守りを固めていた武部隊〔第九師団〕がいつのまにか南方〔台湾〕に転進してしまった。武部隊の転進はわれわれにとって実に不可解な作戦であった。しかし比島におけるわが敗色が濃厚になって、敵の動向が次第に問題になるようになった。

そのころ、軍は女子学生を看護要員として、非常に備えて訓練する方針を明らかにした。女師・一高女は沖縄陸軍病院のために約二百名を確保し、訓練を行なえと言うのであった。西岡部長は、私に師範のほうからおよそ百二、三十名を確保するよう指示した。私は、当時本科二年生は教育実習中でもあり、三月には卒業を予定されていたのでこれを除き、本科一年以下予科二年まで約百三十名をもってこれに当てるよりほかないと答えた。一高女のほうはこれに即応して三、四年を中心にして計画された。

一月にはすでに第二高等女子学校の訓練、首里高等女子学校の訓練が、山部隊〔第二四師団〕・石部隊〔第六二師団〕によって開始されていた。――これが後にひめゆり隊とともに多大の犠牲を払った「白梅隊」及び「瑞泉隊」である。当時生徒たちはこの二高女や首里高女のことを伝え聞いて、「なぜ女師・一高女も早く開始しないか」と、催促して来る状態であった。陸軍病院の都合と一・二二の空襲にあったため延引して三月下旬になってようやくこの訓練を開始することが出来た。

まず学校で学科が行なわれ、それに引い続いて、南風原陸軍病院で実地訓練が行なわれた。それぞれ班別に組織され、手術・看護・担架等一通りの訓練が行なわれたわけであるが、どの生徒も皆緊迫する時局の波を受けて、一生懸命に実習を励んだ。

「陸軍病院はいいですね」

野戦病院と異なって大きいから、自分たちこそ、一朝有事の際にはいっそう大きな働きが出来ると言うのである。こんなことでも女学生らしく妙な対抗意識があって、二高女や、首里高女に先を越されたというひけ目をなんとかして納得しようとしているのであった。「私は手術場でも平気だった」「これならいよいよ実戦になっても役に立つ」と自信をかためる者もあった。

毎日一里近くの山坂を越えての実習であったが、だれも疲れを見せず、元気で通勤するのみならず、夜は夜で学友と消灯になるまで看護のことでいろいろ話し合っていた。教育実習から帰って来る本科二年は、それに圧倒されてしまって、自分たちも残って病院に行きたいと言う有様であった。すると予科生らは、「お姉さん、心配しなくても結構私たちでやって見せます」と腕をたたくのであった。

国民学校の裏山にはいくつもの防空壕の工事が進められていた。山の南縁には学校から運ばれた廃材が木の香も芳しく製材されて三角兵舎が建築されつつあった。これを見た生徒は早くもその中で活動する自己の姿を夢みたのであろうか、「早く病院に行きたいなあ」と言うのであった。二、三日も通っていると、生徒はすっかり軍隊口調まで覚えてしまって、衛門の出入りから、集合・解散・命令受領、復唱等、女学生ながら、おかしくない程度になってしまった。

かくして、ようやく迫り来る大悲劇も知らず、一歩一歩と前進していったのである。

そのころはすでに硫黄島の戦況が日々に非なることが伝えられていた（昭和二十（一九四五）年二月十九日、アメリカ軍上陸）。三月一日には小規模ながら、空襲があって、敵が沖縄に来攻することは必至であると思われた。それは時の問題であった。三月十三日には敵の機動部隊が九州南部を攻撃した。友軍はこれを追って相当の打撃を与えたものと考えられた。「敵も相当の打撃を受けているからすぐには沖縄には来襲出来まい」と言う台湾軍航空参謀の言や牛島司令官の、「敵が帰りがけにちょっかいをやるくらいのことですよ」と言う落ち着いた態度に安心をして、まあやって来ても四月上旬かなと考えた。

女師・一高女では情勢の緊迫を察して一日も早く卒業式を挙げるべく、文部省の指示を待たないで三月二十六日を卒業式と決定した。寄宿舎ではやがて去って行く卒業生の労苦を謝して次々部屋ごとに名残りの会を持った。舎監と卒業生が互いに材料を持ち寄ったささやかな茶話会であったが、お互いに名残りの尽きないものがあった。

戦局の非を伝えられた硫黄島の戦いは、ついに終末を告げ、三月二十一日「十七日夜半を期し最高指揮官陣頭に皇国の必勝と安泰を祈念しつつ、全員壮烈なる総攻撃を敢行するとの打電あり。爾後通信絶ゆ」との大本営発表となって、われわれを悲痛の底にたたき込んだ。

三月二十二日、われわれは寄宿舎の大送別会を持った。思えば昭和十八年、師範学校昇格の春に入学し、以来二か年の学修を終えて、この多難な時局下、国民教育の第一線に挺身していく卒業生である。特に十九年八月以来の幾度かの空襲に、勤労に、増産に、生死をともにし手足のごとく活動してくれた卒業生である。この時局下に卒業すれば再び会うことがないかも知れないと考えると、私の送別の言葉は咽喉につまって出て来なかった。

時局ではあるが、卒業生の食卓には赤飯、紅白の祝饅頭(まんじゅう)、カステラ等を用意することが出来た。在校生にも心から祝ってやってくれとそれぞれご馳走を用意した。これがせめてもの慰めと思って私は別れを惜しむ生徒の交歓に耳をかたむけた。在校生の送別の辞、卒業生の謝辞、いつもよりいっそう切実感がこもっていた。送別の演芸もだんだん進んで上間(うえま)道子の浪曲「更科の別れ」が万雷の拍手をもって迎えられた。

しかし、私の夢は長くは続かなかった。折しも十時過ぎの停電が急迫の空気を伝え、送別会の中止を余儀ない処置と判断した。ローソクをともしてでもという生徒たちをなだめて、私は解散の命令を出した。

これがわれわれにとって最後の宴となったのである。

第二部
ひめゆり学徒の青春

△南風原陸軍病院壕跡

一　月下の出動

昭和二十（一九四五）年三月二十三日――

この日こそ、今次大戦の数ある悲劇の中で最も悲惨な戦い――軍も民も一体となって、物量を誇る敵軍の鉄の暴風に対決し、八十日にわたる悪戦苦闘の結果、幾多の悲劇とともに幕をとじた沖縄戦の第一日である。

われわれの予想を裏切って敵の来襲は意外に早く、送別会の夢いまだ覚めやらない暁の静寂を破って開始された。この日の空襲は十月十日よりももっと激しいものであった。海に陸に、南に北に、獲物を求めて乱舞する敵機は沖縄の空を掩(おお)って、その数、数千に及んだであろう。ために地は裂け、山は割れ、全島沖縄は鳴動するかに見えた。

熾烈(しれつ)を極めた空襲も夜にはいってやんだが、私は、来るべきものが、ついに来たことをはっきり意識した。寮に帰って生徒一同に対し、「明朝もまた空襲があるだろう。それは明らかに敵の上陸作戦を意味するものであるから、今夜はよく身の回り品を取りまとめ、何時でも出動出来る用意を整えておけ」と指示した。

「教科書をどうしますか」と、聞きに来る生徒もあった。来るべき戦の激烈さも知らないで家移りでもするような気持――いや、そうでもあるまいが前途になんの不安もなく、皇国の必勝を信じて勇躍している生徒の気持――を私はいとおしく思った。救急カバンにはいるだけの着替えと、最も好きな本一冊、それに私のほうで選んだ一冊を加えて荷物をまとめさせることにした。

師範生百四十二名の中には予科一年生が五名残っていた。一月二十二日予科一年帰省の際、便船がなくて残留していた生徒たちである。最後の手段として国頭への疎開を考えたが、上級生と行動をともにしたいと言うのでそのままにするよりほかなかった。卒業を前にした本科二年生も三十五名いた。出ても働くべき職場がすでになくなっている今となっては、全員、下級生の先頭に立って出動することを覚悟するのであった。あれを考えこれを思い、同僚岸本君とともに、寝もやらず苦慮したけれども、結論はすべてを挙げて動員するより他はないということであった。

翌日も未明から空襲の連続であった。この日の攻撃はすでに陣地を目標にしていた。垣花の高射砲の陣地、泊の陣地はいうに及ばず、目標を求めて敵機は山という山、陣地らしい地点には一つ残さず爆弾を投下した。それに加えて、九時ごろにははるか南のほうから遠雷のような艦砲の音がとどろき始めた。

私は坂下壕の危険を思って、機を見て識名に移動することを決心した。識名は師範生が過去半年にわたって協力して出来た岩窟の陣地であり、坂下壕からは木の間がくれに行くことの出来る地点にあった。私は分隊ごとに進発させた。途中若干の攻撃にあったが全員無事に識名に収容することが出来た。工事を指揮していた細見少尉は垣花のほうに移って識名には知らない将兵が多かったが、陣地の様子にくわしい生徒たちを、「あなたたちのつくった陣地ですか」とこころよく迎えてくれた。

識名はまだ静かであったが、兵は壕内で忙しく戦闘準備を整えていた。山頂から見渡す光景は、東から西から南から飛行する敵機で掩われ、沖縄全島、白煙と黒煙でつつまれているかに見えた。垣花も泊も高射砲はすでに沈黙していた。ふとこの陣地――識名の高射砲も一発も発射していないのに気づいた。隊長に聞くとまだ射撃命令が出ていないということであった。陣地を暴露すれば、直ちに敵の集中攻撃を受けること必至であるから敵が上陸するまでは満を持して放たないのだという。

夕方、卒業生の亀谷（かめや）シズが尋ねて来た。妹のノブ子と防衛召集で首里にいる父に別れを告げるために、昨日から始まっている空襲の中をくぐって国頭（くにがみ）からやって来たのであった。国頭街道は疎開する人々で大混乱であると言う。「しっかりやってね」「気をつけてね」と、劇的な別れをして帰って行った。亀谷は十八年に卒業した私の担任学級の級長であった。「気をつけて行け」と、松林の中に消えてゆくまで見送った。

この妹ノブ子は六月十九日、第三外科の壕で皆とともに悲惨な最期を遂げた。その悲劇を知らないで、私は六月二十一日、ノブ子のことを案じているその父に会っていた。

空襲は晩まで続いた。隊長はわれわれ百幾名の者に夕食を用意してくれた。「軍は今食糧の食延ばしをしているのでこのことは内証にしてください」と言いながら梶屋軍曹が炊きたての肉飯でつくった大きな握り飯を配給してくれた。後で梶屋軍曹は嘉手納（かでな）のほうにこの隊の分遣隊があるので敵の上陸地点いかんによっては救援に行かねばならない、場合によっては敵中を突破して識名に撤収せねばならないと語っていた。

日がとっぷり暮れたころ、われわれは隊長に深く好意を謝し、いったん、学校に引き返すことにした。出動命令が出ていると考えられたからである。学校に帰って西岡部長に連絡に行くと、

「西平、死んでくれるか」

と、いきなり手を取られた。私はすべてを察した。見れば部長宅は半分片づいて、座敷には荷物がすでにまとめられていた。

私は、かねての計画どおり、生徒に出動の用意を命じた。スコップを持つ者、食糧箱に棒を通して

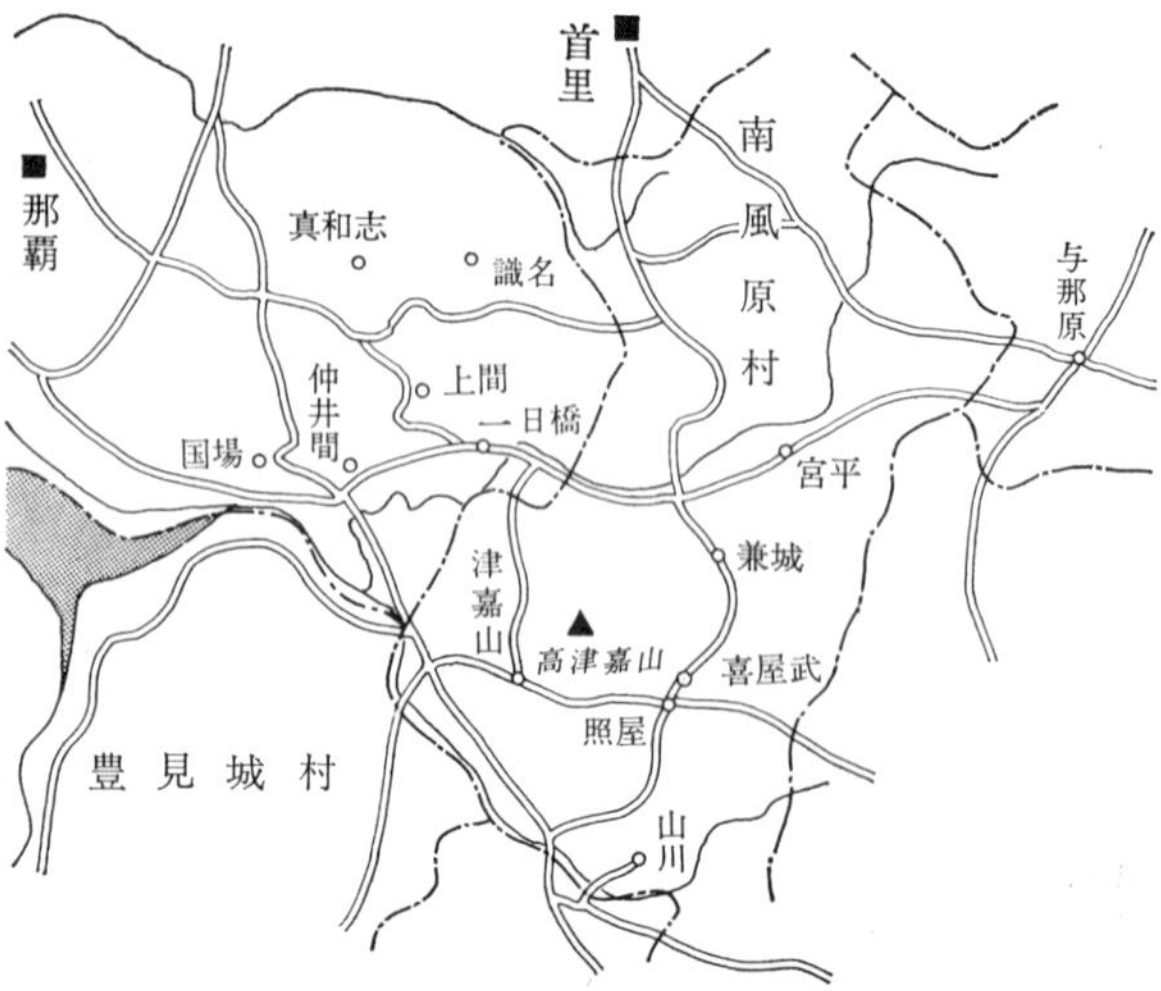

△寄宿舎の室内（昭和16年3月撮影）

かついで来る者、釜をはずして車に積んで来る者、皆、緊張を面にただよわせて続々と住宅前の芝生に集合して来た。いつのまにのぼったのか、あたりは月に照らされて明るくなっていた。ガジマルの葉がキラキラとゆれていた。月影をあびて首里、那覇から続々と生徒が駆けつけて来た。教員も仲宗根君以下続々と集まって来た。あちこちで話し合う群が次第に多くなって来た。名残りを惜しんで校歌をうたっている者もあった。

ころをはかって、整列を命じ部長の訓辞を受けた。

「いよいよ米軍の上陸だ。平素の訓練の効果を発揮して、御国にご奉公すべき時が来たのである。私は本日軍嘱託となって司令部に移るように命ぜられた。諸君は、先生方とともに陸軍病院に動員されることになった。どうかひめゆり学徒の本領を発揮して、皇国のために戦ってもらいたい」。

感に満ちた部長は、縁を下りて、われわれ教員に握手を求めた。そして生徒にも一人一人握手をして別れを告げた。「佐久川、しっかりやってくれ」「新垣、しっかりやってくれ」「石川、せわになったなあ」——部長の声がしだいに後方に移っていくにつれて、緊張感が徐々にほぐれていった。

終わるのを待って、私は出発を命じた。一高女新垣教官の「前へ進め!」の号令で一高女隊の第一歩が踏み出された。「行ってまいります」「気をつけてね」「お母さんも元気でね」と、見送りの父兄と最後の別れを交わして通用門から次々と出て行った。時すでに二十四日の深更、やがて二十五日を迎えようとする真夜中であった。次いで師範隊、スコップを持った予科生を先頭に、続いて糧秣隊、最後に車を引いた炊事隊、私が部長に挨拶をして最後に門を出た。七人もいた炊事の小母さんらも今はちりぢりになってしまってただ一人の炊夫の真栄城さんが悄然として見送ってくれていた。

石塀にそって歩いて行く道々、目にふれるものすべてが思い出の種でないものはなかった。修養道場の棟がひときわ高くそびえている。この中では国民学校教員の合宿が行なわれたものであった。また仲宗根君と徹夜して入学試験の跡始末をしたこともあった。運動場の大ガジマルがざわざわと葉音をたててわれわれを送っている。この木陰で幾度か対校試合や対級試合が行なわれたものであった。農場よ！　さらば。十月以来必死になってここで野菜つくりをしたものであった。おお、山羊が鳴いている。空襲で草をくれる者もなく飢えているのであろう。一人の生徒がいもの葉をちぎってやりに行った。山羊はいっそう高く「メー、メー」と鳴いた。練兵橋、この橋の下には吸水暗渠がある。かたわらには給水塔もそびえている。県下唯一のプールを造るというので苦労したものだった。思い出にふけりながら黙々と進んで行った。識名街道にさしかかった時はそれぞれの荷物を持った異様な列が、昔の武者行列のように稜線に沿って影絵のように続いていた。粛々たる大行列が月光をあびて前進する様はなんとも言えない感慨に満ちたものであった。日本の運命を決する大決戦がまさに始まろうとしているのである。年少なき少女たちもひしひしと迫る重圧感に、一人の傷病勇士を救うことは十人の敵を倒すことと同然であると、自分の使命に挺身せんとするのである。中には疎開家族を送り出してただ一人郷土防衛のために踏みとどまっている少女もある。サイパンの悲壮な最後に父母を失った天涯孤独の少女もいる。学徒の使命に生きんがために家族と別れて駆けつけた少女もいる。行方は同じく、決戦渦巻く陸軍病院を目指して黙々と前進している少女の後ろ姿に、私は平安なる将来を祈らざるを得なかった。

　識名（しきな）の坂に登って振り返って見ると、月の光に照らされた沖縄の風景は、昼間の空襲も忘れたかのようであった。猛爆を受けた慶良間（けらま）も死のような静かな海の彼方に沈んでいる。焦土と化した那覇の街は、人一人動く気配もなく死者のごとく横たわっている。

直下には、かつては千幾百の学徒が五十年の歴史を誇って、勉学にいそしんでいたひめゆり学舎があたかも影絵のように月に照らされて横たわっていた。師範制度以来四百の生徒とともに心血を注いで経営した寄宿舎も、今は一人の動く気配もなく静まっていた。この校舎に再び帰ることがないとだれが考えたであろうか。皇国の栄える時この学舎もまた栄えるのだ。少女たちも皆同じ感慨に満たされているのであろう、歩を止めては振り返り、振り返っては嘆息をくり返していた。私は懐しい校舎にしばしの別れを惜しんで少女たちを励ましながら坂道を急いだ。

車が壊れたために私たちはややおくれて識名に登りついた。梶屋軍曹が出ていて、「いよいよ出動ですか。武運をお祈りします」と、見送ってくれた。車を見て、荷物は後で送ってあげると引き受けてくれたので、その好意を謝し、われわれは一行に追いつくことが出来た。

一日橋へ下って街道を東進した。時々無燈火のトラックがあわただしく過ぎて静寂の中に緊張を伝えた。家財を背に避難して行く村人にも幾組か出会った。南風原国民学校の横を通って予定された三角兵舎に急いだ。喜屋武の集落を抜けて丘陵の東側に出ると、そこがこれからのわれわれの職場であった。先頭部隊はすでに道端に腰を下ろして、われわれの到着を待っていた。

私は、すぐに教員の集合を求め、兵舎の配当を定め、その夜は生徒も休養させることにした。待避壕はすぐ兵舎の近くにあったが、明日の空襲に備えて見分しておかねばならなかった。本部の所在が不明なので報告は未明にすることにして私も兵舎にはいったが、万感去来して眠ることは出来なかった。生徒も眠れないのか、いつまでもいつまでもささやいていた。

南風原についてからも、近傍から父兄に送られたり、友人同士誘い合ったりして駆けつける生徒が絶えなかった。野田校長に従って二十三日以来、首里の男子部に待避していた波平貞子ほか二名が帰投したころには、ひめゆり隊員は師範約百五十名、一高女約五十名、計約二百名に達していた。

未明、山頂の壕にある病院本部に出頭し、病院長に動員が一応終了したことを報告した後、改めて引率教官の参集を求め、「陸軍臨時嘱託ニ任ズ（無給高等官級）沖縄陸軍病院勤務ヲ命ズ」の命下を受け、ここに動員は完了した。生徒は学徒動員の形式により、すぐには軍属に任用しないということであった。

二　南風原（なえばる）陸軍病院

陸軍病院もすでに陣地に移動していた。

陣地といってもそれは国民学校の東南方の丘につくられた三十本あまりの横穴壕とそれに付随する三角病舎の集合にすぎなかった。中央に本部、東方に内科（後に第二外科と改称）、南方に第一外科、道路をへだてて西方に伝染病科（後に第三外科と改称）が位置し、それぞれ五、六ないし十四、五本の壕が配当されていた。敵の来襲があまりにも早かったため、どの壕もようやく十メートルないし十四、五メートル掘進したところで止まり、連絡にはすべて壕外に出なければならなかった。壕は幅一間高さ一間、片側に上下二段二人並びの寝台を造れば、一人がやっと通れる通路しか空かなかった。坑木や天板はところどころ入れてあったが、多くは掘ったままで落盤のおそれがあり、艦砲や爆弾には耐えられそうにも思えなかった。悪いことに、南風原は島尻（しまじり）半島の中央に位置してはいたが、東南西と三方を海にかこまれ、どの海岸からも三マイルとは離れていないので、三方から艦砲を受ける可能性が強かった。また、燈火や用便の施設も出来ていなかった。初めはローソク等をともしていたが後に

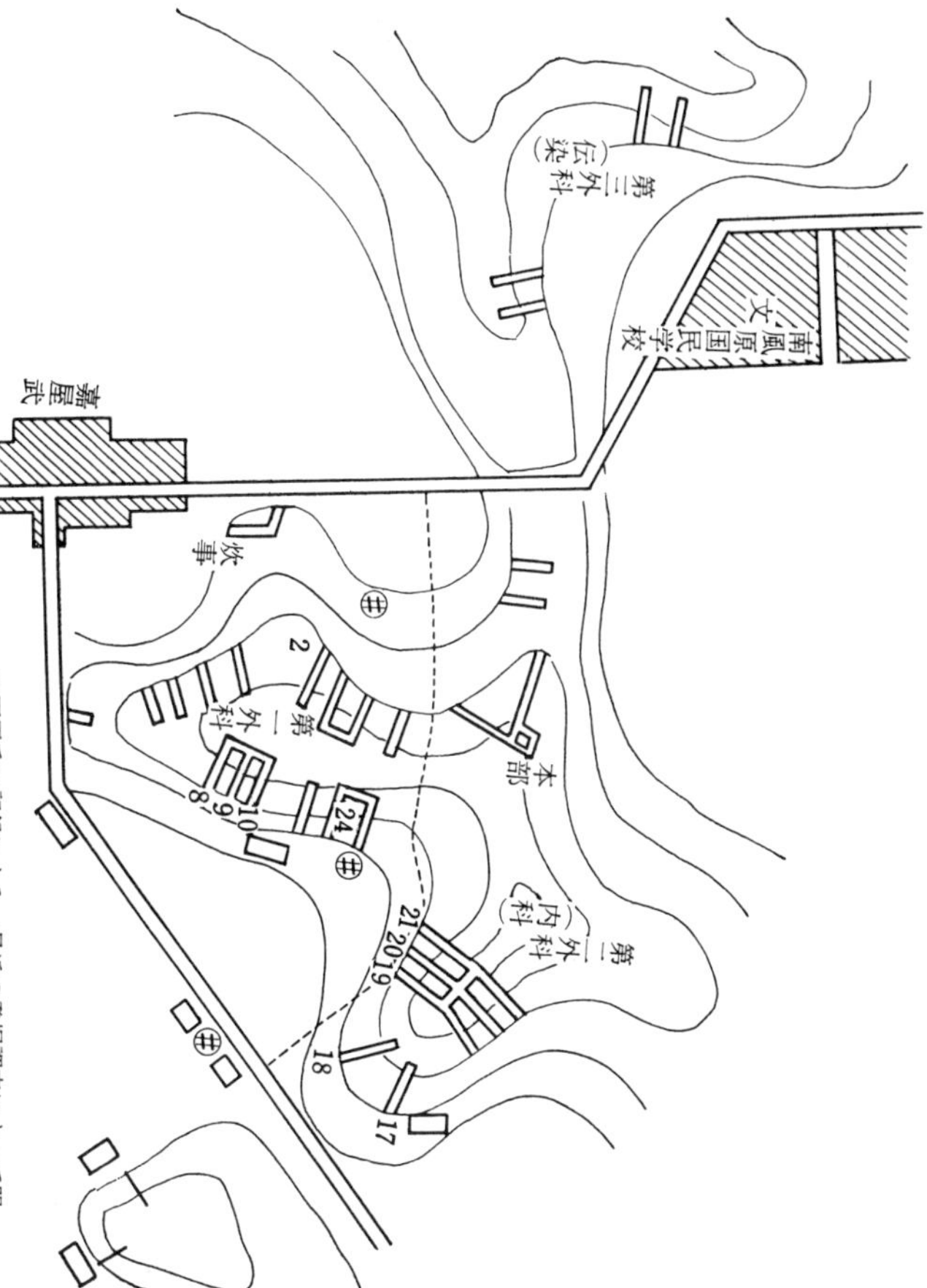

※西平氏の記録による。最近の発掘調査によって明らかになった壕の位置図を参考に次頁に付した。

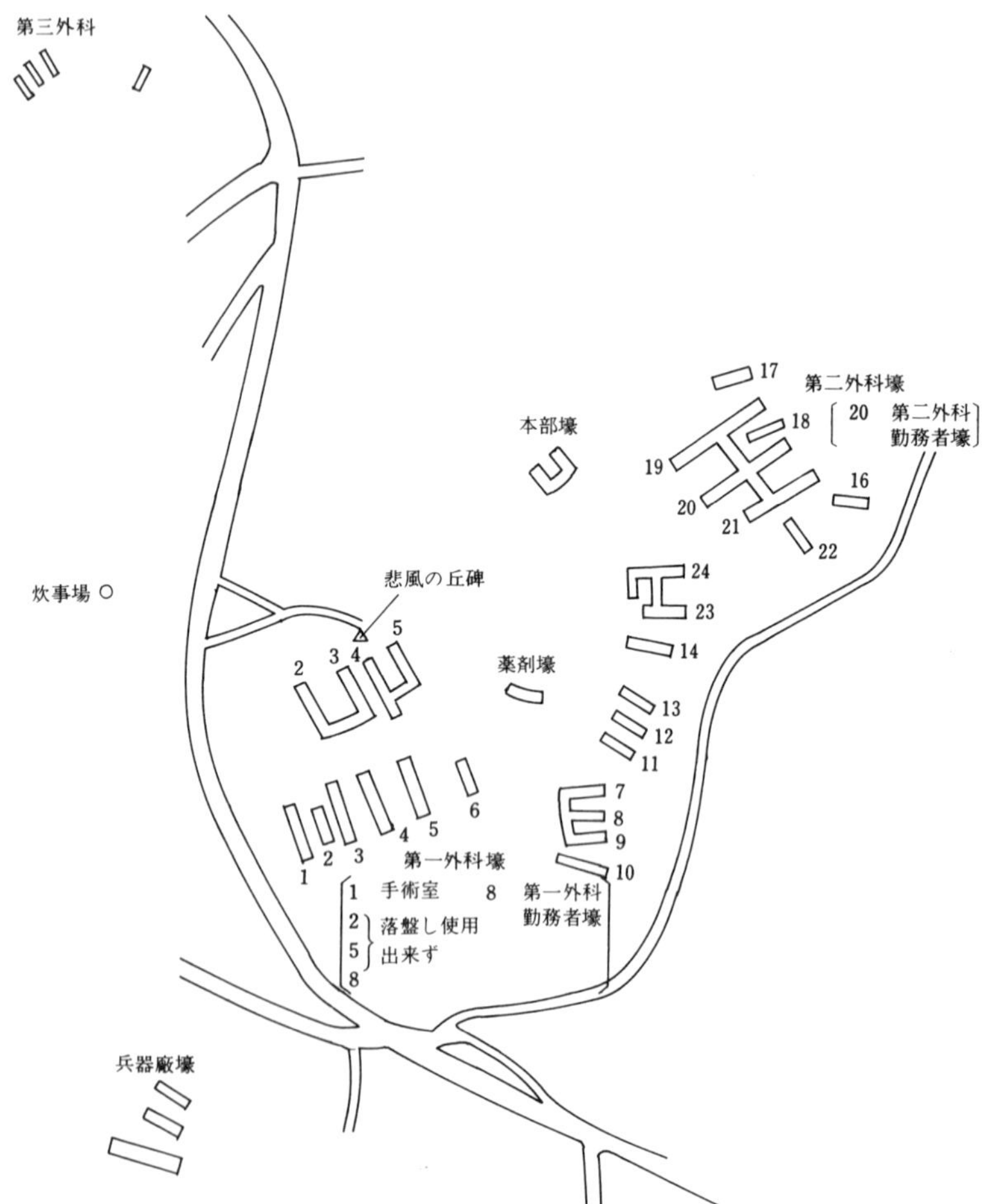
第三外科
第二外科壕
20 第二外科勤務者壕
本部壕
17
18
19
20
21
22
16
24
23
14
13
12
11
7
8
9
10
炊事場 ○
悲風の丘碑
2 3 4 5
薬剤壕
1 2 3 4 5
6
第一外科壕
1 手術室
2
5 落盤し使用出来ず
8
8 第一外科勤務者壕
兵器廠壕

は空缶に重油をつめて燈火にした。用便は危険をおかして外の小屋で済ますよりしようがなかった。われわれに配当された壕は第一、第二外科所属の最も未完成の壕であった。不平を言う者もあったが、それはやむを得ないことで自ら掘進し自ら設営し、自ら防衛するよりほかないことであった。

　二十五日も朝から空襲がくり返されたけれども、われわれは宿所の設営に追われて暮れてしまった。敵の進攻は間断なく進められてこの日は本島西部慶良間(けらま)島に上陸したと報ぜられた。慶良間島にはわが水上特攻艇が幾百となく隠されていたはずであるが、前日からの空襲で全滅してしまったのである。押し寄せて来る衆敵に対して可憐な学童たちが手榴弾を持って立ち向かったという痛々しい報道が伝えられた。

　夜になって、教員には軍服と軍靴、生徒にはカーキ色の上シャツと軍靴が配給された。生徒は早速これを着けて、明日からの勇ましい活動を夢みているようであった。

私は次のような編成で明日よりの活動に備えることにした。

本部指揮班	教員	西平英夫
	生徒本二	佐久川つるほか五名
炊事班	教員	岸本幸安
	生徒本二	島袋トミほか十一名
看護隊第一班	教員	仲宗根政善(せいぜん)
	生徒本一	山里美代子ほか十九名
第二班	教員	玉代勢(たまよせ)秀文
	生徒予三	古波蔵(こはぐら)満子ほか十九名

作業隊第一班　教員　　与那嶺松助
　　第二班　生徒専　　波平貞子ほか十三名
　　　　　　教員　　　大城知善（ちぜん）
　　　　　　生徒本二　仲田ヨシほか二十九名
　　第三班　教員　　　内田文彦
　　　　　　生徒本二　新垣キヨほか二十九名
一高女看護班　教員　　徳田安信ほか一名
　　　　　　生徒一高女四年生約二十名
一高女作業班　教員　　新垣仁正ほか二名
　　　　　　生徒一高女三年生約二十名
〔本：本科、予：予科、専：専攻科〕

二十六日、空襲がやんでから軍の好意でトラックを出してもらい設営用具を取りに炊事班が学校に行って来た。炊事用具のほか若干の蒲団、蚊帳、それに思い出のアルバム等々山のように積んで帰った。挺身隊の話によると、那覇から首里に通じる街道は、不断の砲撃にさらされて危険この上なく、もう二度と通れないだろう。学校はまだ焼けていなかったが、これもいつ艦砲が来るかも知れないので、ゆっくり物色している暇もなく手当たり次第積み込んで帰って来たということであった。

二十七日午後六時ごろ、「将校並びに引率教員は本部前に集合せよ」との伝令があった。佐藤少佐の指揮で整列すると、病院長から「天一号作戦」が下令されたことを伝え、「すでに米軍が慶良間に上陸している今日、この作戦は国家の安危にかかるところであるから各員いっそう奮励されたい」と訓辞された。スルメと恩賜の酒がくばられて小宴が催されたが、病院長の説明では「天一号作戦」は沖縄所在部隊を中心にして陸海空軍がこれに協力し、敵を迎撃するというのであって「菊一号作戦」でないところにこれからの沖縄作戦の苦心があるのだということであった。私は炊事場付近に全員の集合を命じ「天一号作戦下令」のことを伝えて全員の奮起を促した。作業班、看護班が勇躍任務に就いた。この夜、識名の梶屋軍曹がわざわざ荷物をとどけてくれた。私はその親切に深く感謝せざるを得なかった。夜がふけると間断なく友軍が車輌の音を闇に響かせて南下していった。昨日から敵機動部隊が港川沖合から喜屋武沖にかけてひしめいているという情報であった。

二十九日には港川方向に猛烈な艦砲射撃の音をきいた。われわれの頭上の敵機もいつもより少ないようであった。遠雷のごとく伝って来る艦砲の響きはいつ果てるとも思えなかった。ただその猛烈さに驚くとともに、遂に敵は港川に上陸を企図し、そこには激しい戦闘が展開されているものと考えられた。わが軍も今こそ砲門を開いて敵を水際に殲滅せんとしているのだと考えられた。何時間たったであろうか、今まで天地を震駭させていた砲音がピタリとやんで頭上を舞う飛行機の爆音が増していった。われわれはなにがどうなっているのかわからなかった。

夜になって、わが特攻隊の来援を見ることが出来た。それまで地上に加えられていた艦砲射撃がうそのようにやんで、ドドドドドッ、ドドドドドッ、と鳴り渡る敵の対空砲火にとび出して見ると、南の空は幾百幾千の花火が一時に打ち上げられたように燃えていた。サーチライトが無数の光芒を投げて特攻隊を追いかけている。「しっかり！　成功してくれ！　頼む！」と手に汗を握って成功を祈ったが、激しい対空砲火に一機また一機と火を吹いて突込んでいった。対空砲火のやんだ時は、皆茫然として立ちつくしていた。火の束のような対空砲火に従容としてとび込んで行く特攻隊の悲壮な姿がいつまでも脳裏に浮かんで消えなかった。成功したのかしなかったのか、初めてのわれわれには判断がつきかねた。しかし遠く本土から飛来した特攻機のことを思うと、今さらながら沖縄作戦が国の運命をかけた大決戦であることを強く感ずるのであった。

三十日には首里の学校長より急便があって「今夜二十二時卒業式を挙行するから用意をせよ」と伝えて来た。卒業生は急にはしゃぎ出した。二十六日の予定が引き延ばされていつ卒業出来るのかわからないままに動員されたのであるから、形ばかりとはいえ卒業式が行なわれることは卒業生にとってはこの上もないよろこびであった。しかし用意といっても会場を決める以外はなにもすることがなかった。名簿を引き出して卒業生名簿や受賞者名簿をつくることが精いっぱいのことであった。九時ごろ、野田校長と西岡部長が到着したので、最南端の三角兵舎に卒業生の集合を命じた。中央通路の一端にテーブルが一つ、その両側に来賓席、女師専攻科二名合わせて八十名中幾人列席し得たであろうか、一高女も同様、陸軍病院に動員中の者にわずか数名を加えた程度で、中央通路をはさんで両側に席をしめた。二本のローソクが低い三角兵舎の屋根をかすかに照らしている。来賓としては経理部長、病院長の二人、父兄としては真和志小学校長金城氏だけであった。

式は卒業生の呼名に続いて校長の訓辞があったが、場外には絶えず艦砲が遠く近く炸裂していた。校長の訓辞は持局を説いて教員たるものの覚悟を促したものであったが、私はこの式場に艦砲のおちた時の犠牲を思って気が気でなかった。次いで西岡部長の訓辞があり、「海ゆかば」の合唱の終わるのを待ちかねて、解散させた。

女師卒業生専攻科　新垣みつ子以下九名

本　科　新垣キヨ以下七十二名

優等賞を受くる者　佐久川つる

新里キサ子
与那城ノブ子
島袋トミ
山城芳
佐久川つる

特別賞を受くる者

昨年の卒業式は師範学校国立移管後の初の卒業式として盛大に行なわれたものであった。その日はうららかな春の日が窓外に満ちていた。卒業を祝うがごとく小鳥のさえずりさえあった。それに引き替え、この卒業式はなんという変わり方であろう。有史以来、艦砲のとどろく陣中の卒業式は未曽有のことであるとともに、今後の歴史にもまた絶無であろう。

とにかく、卒業式が済んだので、生徒としての身分を失った者の処置を決めなければならないことになった。式後引き続いて南風原（はえばる）に一泊された校長、部長と協議の結果、「女学校の卒業生は、師範に入学を許可された者を除いて軍属に転換する。師範卒業生は教育要員であるからそのまま学徒として取り扱う」と、決定した。もちろんこの取り扱いは病院に動員中の者に対して取られた処置であって卒業生全般に対したものではない。この決定に基づいて翌日には女学校の卒業生はそれぞれ下命を受けて軍に引き渡された。

このころになっても三々五々陸軍病院に駆けつける生徒があとを絶たなかった。その中でも特に女学校の三年生で首里、那覇の者が多かった。もともと女学校の三年は最年少であるから動員成績も悪いことが予想されていたので、三月二十四日出発当時は、当初の計画よりは師範が多く女学校は少ないままで予定の二百名を確保する見込みで出発していた。このように馳せ参ずる者が続出するということになると、なんとか処置しなければならない。私は、女学校の主任徳田安信君といろいろ協議した結果、今まですでに動員に参加している者を帰すわけにいかないから、今後はやむを得ない者のほかは受け付けないことを申し合わせた。覚悟をきめて父兄に送られて来た小さな生徒に事情を話して帰すことは酷なようでもあるが、かえってそのほうが良いとも考えられた。この困難な仕事を徳田君はよくやってくれた。その中には首里から友人とともに駆けつけた尚ひろ子（尚順男爵の令嬢）もふくまれていた。

このような決定をした裏には次のような事情もあった。そのころの陸軍病院はまだ入院患者が少なく、ある意味では閑散としていたので、首脳部を除いてわれわれの動員を邪魔物のように考えるような者がいた。看護婦の中には露骨に、「あなたたちは食糧に困るから軍に来たのでしょう」などと言う者さえいた。軍医の中でも役にも立たない者が大勢来てむしろ足手纏いであるというような素振りをする者もいた。作業から帰って不満そうに報告する生徒に、「戦争が始まったばかりだのに、病院が忙しいようなことでは困るじゃないか。今にそうでなくなるかも知れないから、そんなことは気にかけないでしっかりやろう」と言って慰めなければならなかった。

卒業式の翌日、式場の三角兵舎は焼夷弾で焼かれてしまった。その他の兵舎も次々に焼き払われていったので、われわれは兵舎に見切りをつけ、それをこわして壕内の設営をするのに大わらわであった。先にも述べたように、どの壕も未完成で掘進もはかどっていなかった。その中に多数の生徒がはいって文字通り満員であった。非番のものがちょっとの隙間もなく、足を曲げあるいは横になって折り重なって眠っていた。その頭上を越えて昼夜間断なく奥のほうで掘り出した土をリレー式で入口のほうに運び出していく。その人いきれで壕内はまるで蒸風呂にはいっているような苦しさであった。

その上空襲の激しい時には入口を二重にも三重にも遮蔽しなければならなかった。すると空気がはなはだしく混濁して息苦しくなり頭痛がする。私と同じ壕にいた玉代勢君が歌に合わせて上衣を振り空気を交換する名案を発明したのもこの時であった。こうした壕内の状況は女学校と師範とがいっしょにはいった二十四号壕で最もはなはだしかった。

　三十一日には敵は那覇港外の神山島に重砲を揚陸して首里城の砲撃を始め、四月一日にはついに本島の中部嘉手納沖合に上陸を開始した。われわれはその援護射撃と爆撃にまったく壕内に閉じ込められて、ただ天地を震わす砲爆音に推測をたくましくするばかりであった。引き寄せて撃つ作戦であったのだから、今や激しい水際殲滅戦が展開されているとか、いや全部上陸させてから特攻機で船を沈め、総攻撃を加えて殲滅する作戦だとか素人戦略家の話がにぎわうのみであった。しかし、実際は敵の言うごとく「奇蹟の上陸」——友軍の一発の砲撃も加えられない無血上陸であった。われわれはさては兵力不足、特に武部隊がいなくなったために中部を防衛する兵力がなかったのか、あるいは、敵の揺動作戦に惑わされて主力が南部に集結していたのではないかなどと、重苦しい憂色につつまれるのであった。嘉手納に上陸した敵は破竹の勢いで中部を横断して南へ進出した。われわれはわが作戦の真意を知ることが出来なかった。わずかに四月八日は大詔奉戴日（真珠湾攻撃を記念して毎月八日に詔書奉読式などが行なわれた）であるからきっと何らかの反撃が行なわれるだろうなどと自ら慰めるのであった。

「帝国海軍が陸海空一体作戦として全艦特攻隊となりて沖縄に突入せんとする……」とわが勇ましい連合艦隊の出撃を知った時、大本営発表によって連合艦隊の健在を信じていたわれわれは三月以来の憂鬱を一挙にふきとばしてよろこんだ。今に敵の機動部隊はクモの子のごとく追い散らされるであろ

△壕のなか（山城の壕と思われる）

う、わが優秀な艦隊の攻撃にあって敵艦は束になって海底の藻屑となるだろう、などと期待した。しかし連合艦隊はついにわれわれの目前に姿を現わさず、敵艦隊はいつまでも沖縄をとりかこんでいた。われわれの壕の上にさらに陣地を築いて中村少尉の率いる一隊が守備していた。中村少尉はまだ紅顔の美青年と言いたいくらいで、あまり頑丈そうでなかったのに、夜になるときまったように私の壕に来て情況を知らせてくれた。その情報は本部から受領するものよりは早くそして詳細であった。敵は依然として昼は空襲と集中砲撃、夜は沖縄の四囲に艦隊を配して全島に艦砲射撃を加えていた。与那原方面、港川方面、糸満方面、那覇方面、嘉手納方面等に戦艦一、巡洋艦一ないし二、駆逐艦数隻よりなる五つの艦隊を配置して間断なく艦砲をあびせて来る。中村少尉は今夜はどの方面には大きな軍艦がいないから、その方向から来る艦砲はあまり恐ろしくないなどと説明してくれた。このことは患者の輸送や衛生資材の運搬のため、壕外に出る作業隊には非常に参考になることであった。兵器廠の森少尉も二、三度訪れて来た。生徒たちはこの二人にいろいろな質問をしていろいろな軍事知識を得てよろこんだ。どこかの学生あがりであったのか、生徒たちとも話が合って時には夜おそくまで話していくこともあった。われわれにも時に酒を持って来たり、恩賜のたばこをわけてくれたこともあった。

中村少尉は、また、われわれの壕が盲貫であることを心配して掘進作業を励ましてくれ、守備隊の壕を掘り下げてわれわれの壕に連絡しようとしてくれた。双方が掘り進んで四月二十日ころにはツルハシの音が聞こえるようになったので、今一息だとよろこんだ。壕では、岸本、内田両君の率いる一隊の壕が一番小じんまりしていた。そこには奥のほうからきれいな水がわいていた。それが朝の洗面用水でもあれば飲料水でもあった。師範と女学校同居の二十四号壕は一番大きかったが、ここでは必死になって隣の二十三号壕との連絡工事が行なわれた。貫通したのは二十日ころだと記憶しているが、その時のよろこびは大変なものであった。私も一つの心配が解けたので報告をうけるとすぐに行ってみた。二つの壕を通じて流れる空気の動きはなんといっても息苦しい空気の混濁を救うばかりでなく、非常の場合どちらかに出られるという安心感を与えるものであった。

このころの生徒の活動を総括すると、大別して看護と作業と自営になるが、看護班は最も早くから傷兵に接した関係で一番張り切っていた。その経験談は他の班の生徒をうらやませるものであった。作業班は最も危険な立場にあって活動したと言い得る。衛生材料の運搬や患者の担送が敵機の来ない夜間を利用して行なわれた。初めは、月のあかりをたよりに出動した。月のない夜は美しい星が南の空を掩(おお)ってまたたいていた。しかし間もなく敵の照明弾が月にかわり艦砲が頭上にうなるようになった。真昼のような明るみの中に照らされるかと思うと真暗闇の中に投げ込まれるという中で、艦砲に気をとられながら坂道に足場を求めるという困難な作業であった。しかし時には製糖工場の焼跡から黒糖を持ち帰って一同に配給するような余裕もあった。本部炊事班の仕事もはなばなしいものでなかったが苦労の多かったものである。昼間は空襲があって炊事が出来ないので、日の暮れるのを待って二百名の一日分の炊事をするのだからほとんど徹夜であった。しかし、寄宿舎で訓練してあったのが役立ってわずか四、五名の生徒で手ぎわよく毎日の炊事が出来た。艦砲が飛来するようになってからは、少ない人数の中から見張り員を立て、炊事した。状況によっては待避しながら炊事を続けたものであるが、時には待避する余裕がなく竃(かまど)の中に待避し真黒になって出て来るような時もあった。炊事場が使えなくなってからは、横穴壕をつくり無煙竃を工夫して炊事がいつでも出来るようにした。煙道を長く伸ばしてその間に枯草等をつめ煙をうすめる工夫であった。そのほかにどの生徒も非番の時には自分の壕を掘進せねばならなかった。看護訓練をうけてその目的のために動員された生徒ではあるけれど、祝日の病院長の訓辞で「一に穴、二に食、三に治療」というのを聞いてもおかしくないのが現実であった。われわれも他の任務に服しない時は全力をあげて壕の掘進に努力しなければならなかった。

三　初めての犠牲者

破竹の勢いをもって南下した敵軍は、四月八日ころになって、がっちりと縦深陣地による日本軍によって受け止められた。そして十八日に至る十日間はほとんど前進することが出来なかった。病院の南部にあった重砲陣地も活発に火をふいた。「パーン！　シュルシュル」と空気を振動させて飛んで行く発射音にわれわれは祈りを込めた。「シュッパーン」と来るのが敵弾、「プルルン」というのは破竹というように区別も出来るようになっていた。こうなれば一々敵弾に敬礼することもなくなった。特攻隊の来攻もはげしくなってほとんど毎夜二、三機を数えることが出来た。成功した時は大きな火柱があがり、敵艦炎上の炎が天をこがして燃え盛る時もあった。われわれはそれが敵艦の轟沈（ごうちん）や大破として大本営から発表されるのを楽しみにした。

しかし、こうした反撃も十九日からの敵の総攻撃にあって状況は次第に悪化していった。病院には第一線から後送されて来る負傷兵が次第に数を増し、いつの間にか内科は第二外科に、伝染病科は第三外科に改称されてそれぞれ負傷兵を収容するようになった。さらに首里の近く識名（しきな）に分室が設定された。徳田君のほうから、「それにはちょうど人数からいっても、女学校としてまとまっている点からいっても、識名分室は女学校が担当するのが適当である」との申し出があったので、徳田、石垣、奥里の三教員を引率として一高女全員を派遣することにした。新垣(あらがき)仁正君、及び親泊(おやどまり)千代教諭はすでに軍属に転換したとはいえ相当の一高女生が残留しているので南風原(はえばる)に残ってもらうことにした。

二十一日には、看護婦が集結していた第一外科八号の壕が艦砲の直撃を受けて多数の死傷を出したので、看護隊の交代も出来ない事情になった。

特に二十四日には病院は終日猛烈な集中爆撃を受けた。その日は文字通り一歩も外に出ることが出来ず終日壕に閉じ込められた。私は壕の危険を感じ玉代勢(たまよせ)君と交代でスコップを持って壕の奥と入口を警戒した。至近弾が落ちると壕はぐらぐらとゆれ爆風は耳をつんざいた。奥のほうではいっそうひどく爆風を感じ鼓膜がきりりで突きさされるように痛んで、一時耳が聞こえなくなるのであった。岩盤に当たる音は、「コツン」「コツン」とノックするように聞こえた。玉代勢君がその音を数えて付近には少なくとも五十数発おちたと言っていた。夕方になって外に出て見ると、あたりはまったく一変していた。松の木は吹び飛び山は形を変えていた。前面の窪地は何発かの爆弾が落ちて畑も道も掘り返され、直径十メートルほどの大穴が三つも四つもあいていた。壕のすぐ上には小型爆弾が二個もおちて径三メートルくらいの穴を二つもあけていた。私は、それが大型でなかったことがまったく天佑であったと胸をなでおろした。

私は、今はためらうべきでないと考えた。ただちに本部に駆けつけ、病院長に所見を述べて編成替えを断行することにした。今までのような任務別による編成をやめること、職員・生徒をそれぞれ病院の各科に配当しさらに生徒は各壕に配置すること、これが編成替えの根本方針であった。新しい編成は次のとおりである。

本部付　教員　西平英夫・親泊千代（女）
　　　　生徒　佐久川つるほか十二名
第一外科付教員　仲宗根政善・岸本幸安・新垣仁正（女）
　　　　生徒　新垣キヨほか六十四名
第二外科付教員　与那嶺松助　内田文彦
　　　　生徒　兼元トヨほか四十名
第三外科付教員　玉代勢秀文
　　　　生徒　宮城藤子ほか十五名
糸数分室付教官　大城知善
　　　　生徒　知念芳ほか二十二名
識名分室付教官　徳田安信（女）・石垣実俊（女）・奥里将貞（女）
　　　　生徒　一高女生全員

（注）糸数分室は四月二十八日に編成したものである。
　識名分室は、徳田君を通じ間接に把握していたので正確な数字は知らない。

〔（女）は一高女を表す。識名分室には一高女五十六名のうち二十一名が配置された。なお、ほかに津嘉山経理部に一高女教員平良松四郎・仲栄間助八・石川良雄のもと、一高女生徒十六名が配置されていた。〕

この編成替えに当たって生徒を軍属に転換すべきか否かが再び問題となった。従来と異なって分散組織をとった生徒の指揮がむしろ軍と一体となったほうがより効果的であると考えられたからである。しかし生徒は看護婦との対抗意識から、学生であるとの誇りをあくまで堅持し、学生の名のもとによろこんで国難に殉じていきたいと主張してゆずらなかった。また教員の中にも、自分たちがこの学徒を最後まで守ってやらねばならない、直接に軍の指揮下におくことは弱い生徒をより以上苦しめるような結果に陥りはしないか、と憂える者もあった。このような事情を病院長もよく理解してくれ、軍属転換は行なわれないことになったのである。

二十四日以後の戦況はとみに熾烈を加えた。病院の守備隊であった中村隊もわれわれと前後して前線に出動して行った。遠く南方を固めていた山部隊も夜陰に乗じて続々北上して行く模様であった。われわれは四月二十九日の天長節には友軍の大反撃があるものと期待した。しかし戦争はそんななまやさしいものではなかった。わが機先を制した敵の総攻撃は二十八日の朝から猛然と開始され、首里前面の前田高地を始めとし、全線にわたる激戦が展開された。

初の犠牲者、佐久川米子が戦死したのは二十六日であった。佐久川はその朝、徹夜の看護を終わって壕人口に近い控所で休憩中であったが、敵機の機銃攻撃を受け、左脚脛部の骨を粉砕された。その時はすでに手術室も閉鎖されていたし、一歩壕外に出ると敵機の襲撃を受けるありさまであったので、居合わせた上原婦長と学友によって応急手当がなされ、夕刻を待っていたのであるが、十七時ついに永眠した。私が伝令を受けて駆け付けた時は学友と姉の和子が涙にくれて死後の処置をしている時であった。

佐久川米子は予科二年生で入学以来級長を勤め、思慮型で人望があった。学芸会の時、釈迦に扮したことがあるが、非常な適役でそれ以来お釈迦様というあだ名で通っていた。私はその死顔が釈迦のように安らかであったことを今でも忘れることは出来ない。しかし、この小さな少女が負傷後約十時間どのように死と闘ったか、かたわらに肉身もなく師もなく、砲爆音のとどろく中でどんなに寂しいことであったろうか、心細さに死を諦観しつつ次第に衰えていった経過が想像されてかわいそうでならなかった。婦長の説明ではこれくらいの傷で死ぬとは思えず、夕方になれば真っ先に手術室へ運び第一番に手当をしてもらうつもりでいたとのこと、肉身の姉佐久川和子さえもその死にはあっていなかった。私は失うべきでない命が失われたのではなかったかと煩悶した。

私は第一外科の班長新垣(あらがき)キヨを呼んで、今後事故の起こった場合、すぐに教員に連絡するように命じた。

新垣は自分もこの事故をすぐには知らなかったことを述べ、第一外科の事情をいろいろと訴えた。第一外科は最も壕が多くそれが丘の三方に分散していたので特に連絡がとりにくく、生徒の組織も軍の中に全く分解したのと同様であった。私は互いに隣り合った壕が連絡を取り合うこと、伝令はリレー式に行なうことなど差し当たっての注意を与えて激励した。

初の犠牲者であるので軍のほうでは大きな墓標を送ってくれ、遺骸は喜屋武(きやん)の丘に埋められた。私は軍と交渉して、「一般民ニシテ軍ニ協力セルモノニ対シテハ其ノ死傷ノ場合軍属トシテ取扱フ事ヲ得」という陸軍内規によって、佐久川米子に対し同日、

「陸軍軍属ヲ命ズ
　雑仕但シ看護婦勤務
　　日給一円十銭」

の発令をしてもらった。日給は初め一円ということであったが、当時学徒動員の場合の報償金でも一円六十銭であることを述べ増額を要求した。看護婦としての初任給は一円であるからやむを得ないとのことであったが、さらに交渉の結果十銭増額することになり、十一割の手当が加算されるというのでこれを了承した。もちろん戦争の最中であるからこれらのことは形式的なことで実際賃金をもらっ

たのではないが、後日のことを思ってこのような取り扱いをしたのである。以後はすべてこの例によることになった。

第二外科では生徒の全員が中央の連絡路に集合していたために、足を延ばす余地もないという苦情がしきりと伝えられた。軍医や看護婦がゆうゆうと寝台を占領しており、教員や生徒は全く邪魔者扱いにされているというのである。現場に行ってみると、第二外科全体が第一外科に比べるとまだまだのん気であった。軍医もゆうゆうと振舞っていた。しかしそれは当分のことでやがて寝る暇もなくなるだろうことを思って帰った。与那城ノブ子はしきりに憤慨していたので、班長の仕事を手伝わせることにした。兼元とは違って積極的であったため、後では多少やりすぎると言って与那嶺教官がこぼしていた。

前線の緊迫に比例して、負傷者の後送が増加した。それは腕をなくした者、脚を失った者、腹胸に銃創を受けた者等々いずれも重傷者ばかりであった。中には止血のため、患部が腐っているものや、担送の途中再度の負傷ですでに死亡している者さえあった。これらを収容するために病院ではさらに糸数（玉城村）に分室を設定し、前からいる軽傷患者——治療済みで動かせる者を移動させることになった。私は苦情の多い第二外科から知念芳以下十四名を間抜してその指揮を大城知善教官に託した。第一回の護送は四月二十八日弾雨を衝いて行なわれた。

四　弾雨下の青春

五月三日、友軍は首里前面の敵に対して総攻撃を敢行した。飛行機も来ると言う、戦車も出動すると言うのでわれわれはその成果を期待した。夕方になると次々に戦況が伝えられ、敵は北方に向かって潰走中と報ぜられた。この時ほど晴々とした気持でニュースを聞いたことはなかった。男子師範の千早隊が首里から、わざわざニュースをとどけてくれた。われわれはそれを取り囲んで状況を聞いた。首里城から見れば敵が算を乱して退却するのが見えるという。われわれは潰走する米兵の姿を想像して、手をうってよろこんだ。今一息で敵を殲滅出来るという。われわれは見えない戦線を思って血をわかした。しかし友軍機が参加していないというので一沫の不安を抱きながら明日の情報を期待した。

　五月四日には病院が猛烈な艦砲を受けて、次々に壕が破壊された。そしてまたしても第一外科がその集中攻撃を受けて、生徒上地貞子と嘉数ヤスが犠牲になった。

　上地貞子は元師範一高女のはいっていた二十四号壕にいたが、この壕は東のほう与那原に向かって開口していたためにその方面からの艦砲が入口に撃ち込まれそこで炸裂し、付近の者が十四、五人ともにふきとばされたのであった。

　正午すぎ二十四号が艦砲にやられ、上地が戦死したとの知らせを受けて、私は岸本君（その時は本部付であった）と生徒二名をつれて、二十四号に駆けつけたのであるが、その光景は鬼気迫るものであった。掩体が吹きとばされ硝煙に付近が黒ずんでいるほかは、外観はあまり変わらなかったが、一歩壕内にはいると無惨な死体が破壊された寝台に散乱していた。頭部を飛ばされ胴体だけとなった二つの女体が横たわっていたが、どれが上地であるか見分けもつかない状態であった。残っている寝台の一端には脳天に穴をあけられた兵隊が寝たままの姿勢で死んでいた。壕壁は血と肉でいろどられところどころ脳みそと思われるものが散乱していた。上地の頭部を捜したが粉砕されてしまったのかついに見つけ出すことが出来なかった。その瞬間を物語る者はだれ一人としてなく、ただ奥のほうから重傷患者のうめき声だけが無気味に死の静寂を破って伝わっていた。第一外科からはだれも来ていないので伝令を出して連絡してみると、さらに別の壕がやられ嘉数(かかず)が埋まっているので皆そちらに行ってだれもいないということであった。私は、仕方なく遺髪の代わりに爪を取って、連絡のため隣りの壕に行ってみると、渡嘉敷(とかしき)や狩俣(かりまた)がいて当時の砲撃の激しさを物語ってくれた。岸本君が気分が悪くなったと言うのでそこに残して、私は嘉数の埋まっている壕に向かった。壕は入口もわからないほどに崩れ落ちていた。すでに救出作業は中止されてだれ一人いなかった。隣りの壕に回って事情を聞き、掘り出しが始まったら連絡するように頼んで本部に引きあげるよりほかなかった。嘉数ヤスのいたのは南方に面した壕で被覆は入口のほうでは三メートルくらいしかない危い壕であった。その朝、あまりの息苦しさにどうしても入口のほうへ行きたいと言う患者(将校)をつれて学友佐和田とともに入口の席に腰かけている所をやられ、同時に生き埋めとなったのであった。急を聞いて駆けつけた仲宗根君と付近の兵隊と協力して掘り出したが、幸いなことに杭木の隙間に顔を向けていた佐和田は無事に救出されたが将校はすでに死し、嘉数(かかず)は最も深く埋まり、その頭を見る所まで掘ったがすでにこときれていた。せめて死体だけでもと掘り続けたが、脚部が杭木に押えられていてどうしても取り出すことが出来ないうちに、再び土くずれがして埋没してしまった。おりから敵機の来襲が激しくなったために作業を中止するほかなかったのである。

その夜、昨日とは変わってあまりかんばしくない状況を聞きながら、千早隊の野田校長についに女子部も三名の犠牲を出しましたと、悲しみの報告を届けてもらった。深夜「故陸軍々属上地貞子之墓、沖縄師範学校女子部本科二年生、昭和二十年五月四日於南風原陸軍病院戦死」「故陸軍々属嘉数ヤス之墓……」と墓標を作る私の周囲には、本部付の生徒が涙をのんで見守っていた。

皆が寝静まっても、私の思いは今も埋まったままの嘉数の上に及んで、次々にその面影が浮かんで来た。

「先生、兵隊はけしからんと思います。注意してください」

「どうしたのか」

「私が飯あげに行って帰るとき、山頂で兵隊が突然私をつかまえて変なことをするのです」

「ふーん」

「私はすぐ逃げましたが、こんな戦争の最中に変な事をする兵隊は実にけしからんと思います」。

私は今も嘉数(かかず)が訴えているような気がした。そのことは私から病院長に抗議したことであった。病院長は恐縮して厳重に注意することを約束してくれた。私は全生徒に、師範生として誇りを持ちつまらん相手にはなるな、と注意したことではあったが、その嘉数は今はもう亡き数にはいっていた。

その翌日またしても負傷者を出すことになった。それは上地(うえち)貞子ら二十四号壕の死体を埋葬した帰途、壕入口付近で至近弾を受け渡嘉敷(とかしき)良子が脚部に負傷したことであった。わずか四、五間の所を往復している間の出来事である。埋葬は連絡なしに行なわれたので墓標をもって行ってこのことを知ったわけであるが、私はその傷があさく元気でいると聞いて一応安心していた。後で私が見舞った時も軍や学友の手厚い看護を受けて「じきになおります」と元気に語っていたのであるが、この渡嘉敷が後日悲劇の人物となったのである。

嘉数の死骸は六日になってようやく掘り出された。その時は全身腐爛(ふらん)してその面影は見るに耐えなかった。服装も取りかえてやることが出来ず、辛うじて遺髪を収容したのみで佐久川米子のかたわらに埋葬した。この時には仲宗根君が古釘を踏んだのがもとで発熱し、壕で静養していた。尋ねてみると、仲宗根君は痛々しいほど衰えていた。ポツリポツリと語るところによると足の傷も嘉数を救出する時の負傷であった。私はその時仲宗根君が一人でどれほど苦しんでくれたかと感謝せざるを得なかった。二人は相次ぐ犠牲が皆壕の入口に起こっていることについて話し合った。このことはすでに佐久川の時に気付いていたので生徒には注意してあったことであるが、傷兵がいっぱいになって来るといつのまにか控席は病床にかわって入口の腰掛が生徒の休息所になってしまうのである。この際、入口でなく適当なところに控席をつくることを軍に強く申し出るとともに、生徒にも入口に長居して無駄死しないように強く注意することにした。しかし事態はそれによって必ずしも改善されはしなかった。犠牲はその後も跡を絶たず次々と数えられた。

五月八日朝、この日は大詔奉戴日であるので私はいつよりも早く起き遥拝をするために生徒の集合を待っていた。その中で本科二年の山城、石川、仲田がどうしてもそろわないので居合わせた予科一年の瀬底絹に呼びにやらせた。多分入口のほうで用便しているものと思われたからである。瀬底が帰り仲田の顔が見えたと思った瞬間、轟然と砲音がとどろくとともに壕内は爆風によってすべての燈火が消え硝煙がもうもうと立ち込んだ。すわと思って生徒の名を呼んで見たが石川と山城の返事がない。急いで入口に駆けつけて見るとそこは艦砲で爆破され、十四、五名の死傷者がうめいていた。石川もその中にいた。山城は向こうの入口に駆けて行ったと言う。第一線の激化とともに、後方にある病院陣地も間断なく敵の弾雨がそそがれて全山至るところこのような危険にさらされていたのである。

石川は時を移さず診療課長仲本軍医の病急手当を受けた。腰掛けた姿勢で手当を受けている上体を支えてやりながら、私はその傷が意外に大きいのに驚いた。右股の筋肉が小児頭の大きさでもぎとられているのであった。私は思わず「しっかりせよ」と手に力を入れた。石川はかすかに口を開いて「だいじょうぶです」とつぶやいた。しかしその口唇の色がだんだんうすれていくので仲本軍医にカンフルの注射を二、三本打ってもらった。すぐ手術室につれて行かねばならない。兵隊の中にも「早くつれて行ってやってくれ。兵隊の後になるな」と応援してくれる者もあったので、そこから二百メートル離れた手術室――それも森かげにある壕に過ぎない――に遮二無二（しゃにむに）つれ込んだ。そこにはすでに全身血まみれの山城が兵に背負われて到着していた。

山城の傷は右半身頭から足先に至るまで、大は手のひら大から小は小豆大まで、無数と言ってよい破片傷であった。それを気丈にも自分で十メートルばかり駆けて別の入口に到着したところを兵に助けられて手術室に来たのであった。

手術室には山城の妹、予科三年の信がちょうど当番で勤務していた。

「先生、だいじょうぶですよ。あんな傷くらいすぐなおります。傷のうちにはいりませんよ」

と、至極気丈な答であった。なるほど、そこに運び込まれる傷兵は腕か足を切断するか、さもなければ胴に重傷を負った者ばかりである。これを見なれた彼女は、肉身ではあるが姉の傷は物の数にはいらなかったのかも知れない。さらに私を案内して、

「そこらには手や足がいっぱい捨ててあります。止血して途中で気をつけないものだからここまで来る間に腐ってしまうのです。そんなのを下手にひっぱると、手袋を脱ぐように皮がむけて来ます」

などと説明するのであった。

私はこの少女たちの成長に驚かざるを得なかった。彼女たちはこの手術室を中心に、あるいは傷兵の手術にあるいは壕への案内に、兵にもまさって活動していたのである。ある時、付添兵の一人が、

「今学生さんに叱られましたよ。『ボヤボヤしていると弾が来ますよ、こんな弾くらいここではいつも

です。さあ早く行きましょう』と、まるで叱るようにわれわれを案内するんです。度胸のいいことには驚きました」と語ったのを思い出した。

石川も山城も生命には別状ないと言うので安心した。手当を終わって帰ろうとしたが、敵機の来襲が激しく、すぐに機銃攻撃を加えて来るので、森かげを通って迂回し、幾度か待避して壕につれて帰ることの出来たのは夕方になってからであった。

被害は南風原（はえばる）だけではなかった。識名（しきな）分室の惨事が伝えられて来たのもこのころであった。一日橋（いちにちばし）の壕がガス攻撃にあって全員中毒というのであった。さっそく南風原に残っている新垣（あらがき）仁正君を急派して詳報をもつことにした。続いてはいった詳報はその惨状を次のように伝えた。

一日橋の壕――それはフ字型の壕であった――右方出口に爆弾が二個相次いで命中し、出口をふさぐとともにガスが充満したため、壕内はたちまち、阿鼻叫喚（あびきょうかん）の巷と化し、左方出口に近い者は続々外に逃れて事無きを得たが、中央部及び右方にいた者は逃げおくれて、ガス中毒になった。生徒三名死亡、二名重症、引率徳田・石垣二教官重症。負傷者及び中毒者はそれぞれ識名の壕に移し手当中。

ガス中毒は初めてであった。毒ガスとも考えられるがまた、爆発ガスとも考えられた。いずれにしてもその症状はわれわれには未知のことであった。たまたま首里より西岡部長が転属して来たので、翌日識名（しきな）を尋ねてもらった。部長は一夜を識名で過ごし、徳田君は寝台の上で狂気のようにあばれ、石垣君は比較的おとなしいが、いずれも正気を失っているとのこと、二人の女生徒はぐっと軽症ではあるが魂をなくしたようなもので、一切の面倒をみてやらねばならないとのことであった。その後徳田君はおとなしくなり石垣君が代わってだんだん粗暴になったが、徳田君は快方に向かったのではなく力衰えて間もなく死去していったのである。

西岡部長が突如、「戦況が悪化して来たので最後には生徒のいるところでなければならないと思った」と言って南風原に来たのは十三日であったと記憶する。首里からは東風平恵位（師範音楽担任）君や銘苅秀（附属教員）や生徒上江洲浩子などをつれて来た。私はその時部長から五月三日からの総攻撃は、その日のうちはすばらしかったが友軍機の協力がなかったため敵の猛攻撃を受けついに六日には元の位置に帰らざるを得なかったこと、その間、わが第一線部隊の損害は著しく、小・中隊長の戦死だけでも二十名をくだらないはずとの情報を聞くことが出来た。戦後になって見たアメリカの報道では「この日、日本軍は壕から出て、われわれの砲火の前におどり出て来るために次々によい目標とすることが出来た」と伝えられていた。

そのころ、首里・那覇方面の民間人も南部に立ち退きを命ぜられ、続々として南風原を通過して知念方面または摩文仁方面に退去していった。男子部との連絡に当たっていた照屋教頭や子供を抱えた内間書記らが退去して来たのもこのころであり、また那覇から清原夕（本科一年）が父に伴われて動員参加を願い出たのもこの時であった。清原は姉系子（専攻科）とともに与儀にある部隊に協力していたが、姉は四月中旬爆弾のため頭部に負傷、その後の経過は思わしくなく快復の見込みもなくなったので、壕内に遺棄したまま来たのであった。幸い、病院では糸数分室に傷兵を護送することになっていたので、これら数名の生徒を引率し西岡部長に行ってもらうことにして、動員に加えることにした。照屋、内間君もこれに随行し、東風平君は第三外科にとどまった。西岡部長については、識名歴訪中に、病院長からいろいろな注文があったので上記のように取り計らったのである。

首里にいる野田校長からは先の私の報告に対して返事が届けられた。

「南風原における日夜のご奮闘を感謝仕候と共に尊き犠牲に対しては心から冥福を祈上候、首里においても毎日の如く犠牲を出し今日では七名を数うるに至り候、私はこれ等生徒の瞑福を祈りつつ、毎日留魂壕に在り、元気に戦闘を続け居候。

戦艦一隻轟沈(ごうちん)、巡洋艦三隻轟沈、駆逐艦五隻轟沈、と毎日壕内の昆虫と戦い大戦果を挙げ居り候——」。

墨でしたためられた校長の通信を読みながらその温顔を思い浮かべ目頭の熱くなるのを禁ずることが出来なかった。またその手紙には新しい「朝日」〈煙草〉が二個添えられていた。専売局の壕から入手したとのことであるが、それを送ってくれた校長の厚情にむせぶのであった。

五　文部大臣の激電「決死敢闘」

〈昭和二十（一九四五）年〉五月二十日、文部大臣の激励電報が届けられた。

「文部大臣より次の如き電報あり。

『職員生徒一同の決死敢闘を謝す。』

これに対し次の如く打電せり。

『御懇電を深謝す。職員生徒一同決死敢闘なり。』

職員生徒に伝達を乞う」。

伝令は八方に飛び各部各壕に伝達された。敵の来襲以来すでに五十日、学友の幾人かをすでに敵弾に失った生徒の胸に、この電報はどんな響きを与えたであろうか。目を輝かして聞き入る生徒を前に、私は前途のいよいよ多難なことを思わざるを得なかった。

どの壕を訪れても重患でいっぱいであった。時には通路にさえ担架のまま寝かされていた。壕内は重患のうめき声と耐えがたい腐臭で満ちていた。奥にはいればはいるほど薄暗い急造カンテラに照らされている光景は凄惨であり、すぐにも目まいが来そうであった。その中にあって学生は寝もやらず立ち働いていた。生徒たちから聞いたことなどもふくめてその時のようすを記しておこう。

慣れた患者は「看護婦」と呼ぶかわりに「学生さーん」と呼んでいた。新米の患者もそれをまねて「学生さーん」と呼ぶようになった。四、五十人を収容している壕では、この「学生さん」と呼ぶ声が随所にあった。呼ばれるたびに生徒はバネ仕掛けのように立ちあがった。小便をとってくれと言う者、水が欲しいと言う者、隣りの患者を訴える者、上の患者を訴える者、それはさまざまであった。身動きも出来ない重患には、すべての生命が学生に託されているようなものであった。それを思うと生徒たちはどれだけ疲れていても、じっとしてはいられなかった。生徒はどんな些細なことでもすぐに立っていった。職業看護婦のように無慈悲にすてておくことは出来なかったのである。自分だけで処置に困った時は軍医や看護婦に教えを乞うた。そんな時にも多くの場合は「そんなことは放っておけ」と叱られるようなものであった。軍医や看護婦から見れば生徒は患者を甘えさせているようにも見えた。軍医や看護婦に相談しても無駄だと知っても彼女らはそれを真似ることは出来なかった。自分たちの出来る範囲でなんとかして誠意を尽くしたいと努力するのであった。「学生さーん」と呼ぶ声がなんといっても患者の生きている証拠である。呼ばなくなれば死んでいることが多いことを知った生徒は、むしろ呼ばれている間は安心していることが出来た。「たばこが欲しいなあ」――いつ死んでいくかわからない患者のことであるが、それを思えば思うほど「捨てておけ」ではすまされないことであった。あちらこちらと捜してやってもない時は、「どこにもありませんが」と自分の責任のような

△壕の入口

顔をしてわびるのであったが、それでも時には紙を巻いて吸わせることもあった。「ああ、うまい。もう死んでもよい」と満足する兵隊に、わずかにいたむ胸を和らげるのであった。

小便は缶詰の空缶で取られていた。ある時には「便器を貸してください」「尿器をお願いします」、前後左右から呼ばれて右往左往しなければならず、間に合わないと、すぐに近辺から苦情が出た。「上の気狂め、おれの頭に小便しやがったぞ。たたき殺してやれ」と元気のいい患者の中には声を荒げてどなるのもいた。「すみません」と言ってあやまるよりほかなかった。下手すると気の立った患者はどんなことをしでかすかわからないからであった。ある所では生徒がちり紙が配給されないことを嘆いていた。そのために彼女らは記念に持っていたノートや本を一枚一枚さいていった。「先生、本を読む暇はありませんでしたが、本当に役に立ちました」としみじみ言うのであった。

「看護婦さん。すみませんが包帯をとりかえてくださいませんか」と弱々しい声で訴える患者もあちこちにあった。治療班の巡回が三日に一度、四日に一度、五日に一度、とだんだんのびていって、満足な手当を期待することが出来なくなっていく現状では、こうした場合なんとかしてやらなければと心を痛めても薬品はもちろんピンセット一本包帯の一巻も用意されていなかった。「なんのための病院だ。これでも陸軍病院か。おれたちは好きで負傷したのと違うぞ」などと不平を生徒にぶちまける患者もいた。こんな時には隣の壕からまた次の壕へとかけ出して、時たまガーゼの一包でも見つかれば、わがことのようによろこんで患者の治療をしてやるのであった。包帯をとくと蛆(うじ)がボロボロと落ちるのやガーゼをはぐると一合くらいの膿(うみ)がどっと流れ出るのを見るたびに病院や軍医に反感さえ抱いた。

「次はそちらの治療の番です」と隣の壕から声がかかると、生徒は救われたようにいそいそと準備にとりかかるのであった。

「やあ！　ありがたい。ありがたい」と顔に喜色のみなぎる者、「なんとかお手やわらかに願いますよ」と治療の手荒さを憂うる者、とりどりのざわめきが壕の空気を変えていく。治療が始まると、「アイタッタ……」「ウ！　ウ！……」とうなる声、「バカ！　軍人のくせに泣くやつがあるか！」と威圧する声、が次第に壕の奥に移動していって、後は次第に不思議な安静の気が壕を満たしていく。

こうした声にあって生徒はよく「なにをそんなにのろのろしているのか。さっさとやれ」となれない手つきを軍医に叱られたものであった。時には「この患者は少し切開する。足をつかまえておけ」と、言うが早いかメスを取って傷口を十センチあまり「ぐさっ」と切ってしまう荒治療に急にふらふらとして、「これくらいで貧血をおこして役に立つか。バカ野郎！」と、どやされることも一再ではなかった。しかしほどなく慣れた生徒は、手ぎわよく働くようになって、四、五十人の治療もわずか四、五十分で済んでしまうようになっていった。

食事の面倒をみることも仕事の一つであった。それは「飯あげ」で運んだ玄米飯のボールほどのにぎり飯であったが、患者は一つずつ順々に配られていくのを咽喉を鳴らして待っていた。子供におやつをやる時のように、食事の前には汚れた手を水できれいにふいてやらねばならなかった。さし出された手の上に一つずつおにぎりを配るしぐさも、おやつを配る時によく似ていた。母性本能が自然に働くのであろうか、どの生徒もよく面倒をみてやっていた。手の不自由な患者などは「こんなになると皆うるさがって食事の世話をしてくれないのです。学生さんが来てくれて自分はほんとに助かります」と涙を流さんばかりに喜んだ。流動食を取らねばならない患者の食事は、生徒の最も心を痛めるものであった。ミルクや卵のような用意はなかったし、いろいろと調理してやりたくてもその施設がなかった。お粥を一さじずつ食べさせてやるのが精いっぱいであった。下顎をえぐり取られた患者の「ゴム管食事」など思いも及ばぬことであった。しかし食べさせなければならないとの一念にいろいろと苦心する。定められた食後に水を配って患者の食事は終わるのだが、こうした満ちたりない食事にも、鼻歌を歌うように子供らしくなっている患者もある。

気の狂った患者の取り扱いは生徒を最も困らせたものであった。裸体になって傷の痛さも知らないで歩き回るようなのはまだよいほうで患者の包帯をとったり傷をたたいたりするいたずら患者もあった。隣の患者に馬乗りになって「殺してやる」とあばれ回るような狂暴なのもある。戦局が悪化して付添兵もだんだん少なくなり衛生兵だけでは手が回らなくなった時など、生徒はただ途方にくれるばかりであった。わずかに歩けるようになった患者が見かねて気合を入れたり、引っぱって行って寝台にくくりつけたりしてくれるのでようやく胸をなでおろすのである。中には咄嗟の間に自決を計るような者もあった。


「畜生！　なんのために陸軍病院に来たんだ。バカ野郎！」

「やるんなら人に迷惑をかけぬところでやれ！　こん畜生！」


こんな叫びが口々に発せられて騒ぎが壕内に広まっていく。脳症患者はどの壕にも二、三名はいた。

「このハンカチは私が満洲に行った時もらったのですよ」などと優しいのもあれば、

「この沖縄戦線において諸君はよく奮闘してくれた」などの軍隊口調、

「ほれ、ほれ、早く行かんか。波止場に行くんだ。船が出るぞ」などの痛ましいもの。脳症患者は表面的には愛嬌のあるものであったが、その姿の裏に無限の哀愁が感じられた。その数も日一日と増していった。

重患には水を欲する者が多かった。「水をください」の声には生徒たちは思わず眉をひそめた。「水は飲んではいけません。傷口が悪化します。すぐよくなりますから辛抱してください」と必死になってなだめる。しかし死期の近づいている患者にはどうしても水を飲ませてやらなければならない。生徒たちはよくそれを見わけて行動するようになっていた。そのためには時には弾雨をおかして水を汲みに出ることもあった。熱病患者に使った汚れた水にいつの間にか這い寄って飲んで死んでいく患者もあった。こんな時には生徒は自分の心遣いのたりなかったことを死体の前にぬかづいて詫びた。敵の攻撃の中断するのは決まって朝夕のほんの三、四分であったが、その時にはどの壕からも水筒を五つも六つも肩にかけた生徒が水を汲みに井戸に集まっていた。第一外科の前には臭い井戸があった。こんな臭い水が飲まれるかと叱られて、生徒は清い水を求めて危険をおかした。しかし戦局がいよいよ切迫してその井戸しか使えなくなった時、猛烈に汲み出したために一、二日の間にきれいな井戸になってそれが最後まで第一外科及び第二外科の飲料水になった。本部の前の窪地にはいつも予科二年の安座間(あざま)晶子と又吉キヨが手をとり合って水を汲みに来ていた。早く帰ればよいがと心配している私を望見してはよく通るきれいな声で「先生ー」と何度も手を振って見せるのであった。またこの時にはどの壕からも担架をかついで四報患者(死亡者)(軍隊用語。一報=軽傷、二報=重傷、三報=危篤)運び出していた。せっかくよくなりかけた傷も栄養不足のために衰弱して骨ばかりになって音もなく死んでいく患者もあれば、昨日まで元気で第一線に早く出たいと言っていた患者がガスえそのため、翌日は傷口が風船のようにふくれ上がって死にいたる。破傷風のためしきりに苦痛を訴えながら全身をけいれんさせながら死んでいく者など、多い時には一つの壕に五、六人も四報患者が出る。それらの中には作業中に知り合った兵隊や、郷里の知人もあれば時には彼女らの幼な友だちさえ交じっていた。しかし朝夕のわずかな空襲のあい間に埋葬するのだから、埋葬といっても穴を掘って埋めるのが精いっぱいで、二、三間おきにある弾痕にくずれた坂道を運ぶことが、すでに大きな苦労であった。墓標などはいつの間にか立てられなくなり、終りには昨日の塚が再び弾雨を受けて今日の墓穴になるようなありさまであった。

こうした活動のためにどの生徒も疲労でいっぱいだった。ただ気持だけで働いていた。われわれが注意をしてとってもらった控所も、いつの間にか新患の病床になって、生徒は一日に四、五時間、荷物箱の上や柱によりかかって休養するのみであった。席はないのかと尋ねると、決まって「患者を寝かす所がないのですから仕方ありません」と答えた。無理をするなと席をとってやってもまたすぐ患者に提供してしまうのである。

彼女らの仕事はそれだけではなかった。毎朝夜明けにかけて、壕内にいる全員のために「飯あげ」をしなければならなかった。それは山の三方から炊事壕まで、艦砲がしきりに落下する中を、掘り崩された坂道を往復して重い飯を運ぶのである。たいていは兵隊に伴われて出るのだが、要領のよい兵隊にごまかされて配当が少なかったり、至近弾をあびて土砂が交じったりすることが常であった。雨の降る日、すべる坂道を越えて、艦砲をさけながら無事に運搬することは、困難を極めたものである。もし間違ってひっくり返しでもすれば全員の食事は断念せねばならないので、彼女らはころんでも桶だけはしっかりと抱えていた。壕内にいる者はそんな苦労を知らないで、配られた握り飯が小さいとか土がまじっているとか勝手なことを言う。

その苦労の中にも一つだけ楽しみがあった。炊事場では親しい友だちとお互いに顔を合わして無事をよろこび合ったりいろいろの情報を聞くことが出来ることである。それもほんのひとときであったが、四、五間離れた隣の友にも話す機会のない彼女らにはこの上もない楽しい時であった。ぐずぐずしていると艦砲に見舞われた。中村初子が負傷したのは飯あげの時であった。幸い中村は足首の負傷にとどまったけれど、その時には炊事の小母さんなど数名が犠牲になった。

治療班は一組看護婦一、生徒二名で各科とも一組ないし二組編成してあったが、これは連日壕から壕へ渡り歩いて治療に回らなければならない。わずか四、五間の隣の壕へ移動する間にも至近弾を受けることがあった。治療箱の上に遠慮なく土砂が降りかかるのを胸に抱いて行かなければならなかった。ころげ落ちた薬瓶を拾い集めるために弾痕の中を這い回るようなこともあった。それでも治療が患者の唯一の希望であると思うとじっとしていることは出来ない。彼女らは二十四時間の交代勤務を、交代がすんでからも自分で延長して三十時間、三十六時間と働き続けた。患者が多くなって巡回が四日おき五日おきになると、時には「治療班のバカ野郎！　一体何日になると思うんだ。包帯が腐ってしまったじゃないか。手榴弾を投げてやろうか。本当だぞ」とものすごい形相で入口に頑張っている患者もある。勇を鼓して包帯を解く手に白いしらみがもぞもぞと這い上がり、解いていく包帯の中からわき出るように蛆虫が出て来るようなこともまれではなかった。しかし「やっと人心地がつきました」との言葉に、それまでのすべての労苦を忘れてしまって次の処置に移っていくのである。こうして治療班の生徒が次々に疲労していったので、それらの任務が壕担当の生徒にも一部移譲されるようになっていった。

島袋（しまぶくろ）ノブは壕から壕へ移動のために生じた犠牲である。第三外科で玉代勢（たまよせ）君の配下にあったが、五月十三日夕刻、約百メートルくらいの畑を横切って前方の壕に移動中、迫撃砲の集中攻撃を受けて倒れた。玉代勢教官がただちに収容したが、背腰部に一弾を受けそれが脊骨に当たってT字形に破裂していたために手当の甲斐(かい)なく約一時間後に絶命してしまったのである。翌日埋葬の時、玉代勢教官は真新しい弾痕を指さして「そこです。アッと思う間もありませんでした。伏せをしかけたままやられたらしいのです。もう一瞬早く伏せたらあるいはやられなかったかも知れないのですが、何しろ疲れていますから動けなかったのでしょう。かわいそうなことをしました」としみじみと語った。第三外科では初めての犠牲であったので、彼女はりっぱな棺におさめられて恨みの畑を見降す丘の上に埋葬された。

　五月十五日には本部に最も近い第一外科の壕で嵩原(たけはら)芳が戦死した。彼女はその朝八時ころちょっと空気を吸って来ると学友と別れて壕出口にさしかかった瞬間艦砲をくらったのである。彼女はかつて呼吸器をわずらったことがあったので、壕生活に耐えられるかどうかと心配していた。それで初めのうちは調剤のほうに配置したのだが、後になってその壕が外科患者を収容するようになっても、「だいじょうぶです。だいじょうぶです」と煤煙(ばいえん)で真黒くなった顔に目を光らせて壕を離れようとしなかった。その壕には首里から運ばれて来た同郷の男子部の生徒もいて、彼女ははりきって活動していたのであった。急をきいて私がかけつけた時にはまだ爆風に投げ出されたままうめいていた。片腕が飛ばされ、肩が砕かれ、片腕が折られていた。おそらく入口の杭木に吹きつけられたのであろう。とても助かるとは思われなかったが、ただちに手術室に担送して手当を乞(こ)うた。医師の診断はあと一時間ももつまいとのことであった。壕にもどって私は付近の親しい学友を呼び集めた。硝煙によごれた真黒な顔を水でふいてやると彼女はハッキリと次のようにつぶやいた。

「先生、自分は死ぬのかしら……」

「お母さんや、みんなより先に死ぬような気がする……」

「手や足があるのかしら……。一度立ってみたい」。

私はもう見ていることが出来なかった。渾身の力を出して力んでみたが、どうして立つことが出来よう。頭さえ持ち上げることは出来なかった。学友たちは泣いて嵩原にとりすがった。それから彼女はこんこんと眠りにおちた。思い出したように顔に笑いをうかべ口元を動かしたが声にはならなかった。

十八日ころであった。ロの二号に識名の梶屋軍曹が入院して来たとの連絡があった。さっそく駆けつけて見ると、軍曹は腹部にいくつかの貫通銃創を受け重体であったが私の見舞いに気がついて「よく来てくれました」と、言ってくれた。しかし意識はいつのまにか識名の陣地でもさまよっているのか次のような言葉が私の胸をうった。

「おい。当番、先生が来てくれたんだ。高射砲司令部に行けばお茶がわいているはずだ。お茶をあげてくれ」。

私がそばの生徒に容体をただしているとまたしても、

「当番、お茶を持って来たか。大事なお客さんだ。早くせんか」

と言うので、私は目で生徒に合図した。生徒が当番の役目をしたので軍曹は安心したのか眠りにおちていった。私はその容体が相当悪いなと判断して見守っていると、

「もうおれは極楽に行く、極楽は明るいんだぞ、こんな暗いところに極楽はない。さあもっと明るくしてくれ」。

これが最後の言葉であった。軍曹は前に話していたように、嘉手納方面の友軍の撤収に敵中を突破して勇敢に前進したのであろうか、それとも識名の陣中にあって勇戦中敵弾にやられたのであろうか、

その勇戦の模様は聞く由もなかった。私はこの親切な誠実なそして勇敢な軍曹の出身地などを生徒に調べさせたが、佐賀というほか詳しいことを知ることが出来なかった。

六　恨みの転進

いつのまにか戦線は首里・那覇をとりまく首陣地に移っていた。敵は物量作戦の威力を発揮して日本軍陣地の徹底的破壊を試みた。

　病院陣地からも前面の首里や識名が攻撃されるのが手にとるように見られるようになった。そこは昼夜の別なく主力艦の巨砲から撃ち込まれた。三連発の主砲から撃ち出される砲弾は「ドドドッ」「ドドドッ」と火花をあげて、山の一方から他方へと何回となく炸裂していった。樹木が飛び、人が飛ぶ凄絶(せいぜつ)な光景はむしろ美しく冴えて見えた。

「〇月〇日赤い標燈をつけた飛行機から降下されるのは友軍であるから敵と間違えないように」。

　こんな情報が伝えられたのもこのころであった。「いよいよ友軍の空挺隊が来るぞ」「敵ははさみ撃ちだ」などと、われわれはその戦果を期待した。事実、日本空軍特別空挺部隊が五月二十四日になって飛来し、北中飛行場〔北：読谷、中：嘉手納〕に強行着陸して一時米軍を混乱せしめたのであるが、惜しくも全員、玉砕したのであった。

「いや、特殊兵器が出来たのだ。キャラメル大の大きさで百キロ爆弾以上の威力を発揮するものが出来たそうだ」

などとのデマとも思われる情報がしきりと伝えられた。

それにもかかわらず南風原（はえばる）には東からも西からも機関銃や小銃の音が聞こえるようになって来た。与那原（よなばる）や安里（あさと）のほうに敵が進出して来たものと思われた。このような情勢の中で、首里に命令受領で出頭していた病院長が帰って来た。命令は次のようなものであった。

「沖縄陸軍病院は五月二十八日までに山城地区に転進し二千名収容の陸軍病院を開設すべし」。それは五月二十五日の明け方のことであった。

これを聞いた瞬間、私は頭の先までじーんとしびれていくのを感じた。水をうったような沈黙がやがて一方から崩れていって院内には名状しがたいどよめきが広がっていった。

二千名を越える重患をどう処置するのか。

われわれ学徒は何をするのか。

傷ついている生徒をどうするのか。

こんなことが私の頭の中を駆け回った。

軍のほうでは、「軽傷者は第一線に送り返す。独歩患者は極力自力によって転進させる。重患は処置する」と決定された。処置の仕方としては薬物によるほかあるまいと話し合われ、飲まない者があっても飲んだことにしておくとのこと、また病院の自家患者は捨てておくのも情に忍びないから担送するとのことであった。

私も以上の線に沿って、病院長と細部の交渉をした。その時にはどうしても担送を要する生徒が、山城（やましろ）・石川・渡嘉敷（とかしき）と三名あったので、それには生徒ならばどうしても二十四人を必要とするが、出来れば兵力を借りたいと主張した。これに対し、病院長は、「防衛召集兵を六名だけ協力させるから出来るだけ生徒をとらないようにして欲しい。衛生資材の運搬と独歩患者の付添いにはどうしても生徒の力を借りたい」と主張された。筋の通った話なので、私は当時本部にいた十名の生徒と防召兵六名で三人を担送することを決意し、他はすべて病院の転進に協力するよう伝達した。

そのころ、すでに識名分室が南風原に引き揚げて来たことが伝えられた。一別以来心痛を重ねた新垣・奥里両教官が見違えるように衰えて生き残った生徒をつれて帰って来たのであった。聞くと、石垣君も連れて帰って来たが、もう幾許もあるまいと言うので、最後にぜひあっておきたいと思って壕を出た。

二十四日から降り出した雨は、この時いっそう激しくなり、南風原の丘にはすでに夕闇が迫っていた。丘に登って壕を捜していると、そこで偶然に中村少尉に出会った。少尉は擬装網を頭から被り、兵四、五人とともに丘の上に立っていた。どちらからともなく声をかけ合って近寄って行くと、少尉は南方の丘をさして、「敵が見えますよ」と教えてくれた。指さすかなたの丘には数名の敵兵がショベルをふるって陣地を構築していた。私は初めて見る敵に胸をときめかせた。「今夜私が切り込みに行って追っ払ってきます」と言いながら立ち去って行く少尉を「元気でやってください」と見送って、私は急いで本部に引き返した。

本部はわずかの間に大騒ぎになっていた。敵がすでに間近かに迫って来たので今夜のうちに転進しなければならない、第三外科は首里から下って来る部隊につれてすでに転進を開始したらしいと言うのであった。私はすぐに「本部は今夜八時出発する。病人はそれまでに本部前に集合」と伝令を出しておいて、準備にかかった。

担架を用意しなければならないが、どの担架もたいてい柄が折れていた。これでは長途の担送は不可能なので近所の壕をとび回って捜して来た。食糧を用意しなければならないが、これもまだ配給されてなかったので、経理課長に交渉して、ようやく乾パンを十個そろえることが出来た。さて防召兵が来なければならぬが、待っても来なかった。

そのうち八時になったのか、病院長が、「さあ出かけましょう」と壕を出られた。防召兵がやっと来たのですぐにわれわれも壕を出た。おりから雨はひとしお激しく降って、壕内も滝のように雨水が流れていた。本部前の坂道に石川と山城をかつぎ出して、病人の上に、さんさんと降りそそぐ雨を気にしながら、渡嘉敷の集合を待った。

「先に出した伝令がまだもどっていなかった。待ち兼ねて親泊先生が「女学生は私が連絡して来ます」と出かけられた。ようやくにして二、三の学友に守られた中村初子がやって来た。これは一番近い壕にいたのでなんとかして来られたのであった。

私は中村は肩をかしてやって歩かせるつもりでいたのだが、その姿を見ると、この泥濘では歩けそうもない。「元気かね」と声をかけると力なく「ハイ」と答える様子では、中村も担送しなければならないかも知れぬと考えられた。

親泊先生が識名でガス中毒になった真栄田・安里の二生徒をつれて、伝令の石塚や仲田もころげるように帰って来た。きけば丘の向こうはすでに敵の攻撃を受け、壕を一歩出ると狙撃される状態だと言う。

いつの間にか軍は出発してしまって、あたりにはだれもいない。渡嘉敷がまだ来ないので防召兵と仲田を最後の伝令に出してどうかして連れて来るように命じた。しかしその最後の望みを託した防召兵と仲田も「丘の向こうは機銃が激しく、当分は連絡のしようもなければ、たとえ連絡が出来ても病人をかつぎ出すようなことはとうてい出来ない」と言って、むなしく帰って来た。渡嘉敷を残して行くことは残念でならなかったが、あるいは仲宗根君のほうで救ってくれるかも知れないといちまつの希望をかけて、集合したこれらの生徒を担送することを決心するよりほかなかった。

出発の合図で山城をのせた第一担架が坂を降り始めた。連日の艦砲で掘り返された坂道は、雨のために全くの泥濘と化して、踏む足場もなかった。石川をのせた第二担架、仲村をのせた第三担架、どの担架も四人が一団になってすべって降りて行った。最後に親泊(おやどまり)先生と私とが女学生の手をひいて続いた。坂を降りきった先頭担架から、「どちらへ行きますか」と伝声があった。本部の一行におくれたこの一隊には道案内になる者さえいないのであった。私は見当をつけて左のほうへ喜屋武(きゃん)を抜けて直進するように指示した。

喜屋武の集落には五分おきくらいに艦砲が炸裂していた。焼け跡を半ば駆け足で通りすぎた。われわれの行方は、絶えず照命弾が照らしてくれた。三つの担架は約十メートルの間隔をおいて、艦砲の炸裂する中を、走ろうにも走れない泥濘と戦いながら進んでいる。私はともすればおくれがちになる親泊先生と女学生を励ましながらそのあとを追っていった。

街はずれの一本道になって五百メートルも進んだころであっただろうか。右手に閃光を感じて、思わず「伏せ」と叫んで泥道の中に伏せた。同時に「パパン」と至近弾の炸裂。「ピュン」と破片の音。次いで泥土が降りかかった。第二の担架側方三メートルの畑中に一発、私の十メートルの側方に一発、相次いで炸裂した。頭をあげて見るとまだ先頭担架も次の担架も伏せていた。

「異常はないか！」

「異常ありません」「異常ありません」。

「よろし、駆け足」。

脱兎のように起き上がって五百メートルも駆けたであろうか。停止を命じて調べてみると、第二担架の柄は佐久川（きくがわ）と石川の間で折れてとび、石川の肩先にはかすり傷があった。後部をかついでいた防召兵の頭にもかすり傷を残して破片が飛んでいた。全くの幸運であった。一同は「よかった。よかった」と、初めて泥を払い落すのであった。

しかし、またしても艦砲に追いたてられて、出発した。憎らしい艦砲！　それはわれわれの行方を追うがごとくあるいは前にあるいは後ろに炸裂した。どこかの天の一角からわれわれの行方を見守っていて、進むかと思えば前に撃ち、止まったかと思えば後ろに撃って、意のままにわれわれを動かしているように思えた。

街――たいていは焼き払われ、沖縄特有の石塀だけが残っている廃墟であった――を通る時は駆け抜けなければならなかった。十字路を通る時や、橋を渡る時には、手前で一応休止して、パーンの艦砲の炸裂した直後を一息に駆け抜けなければならなかった。掘割りを通る時には、重い担架をかついでは駆け抜けるわけにはいかないのでいつまでも情況のよくなるのを待たねばならなかった。

どこまでも続く泥濘は、足の先から、われわれの身体を疲れさせた。ともすれば足が泥に取られそうになった。一人がよろめくと担架が傾く、そのたびに他の三人が調子を合わせて平均をとらなければならなかった。いつのまにか靴のかかとがなくなり、底革が大きな口をあけて泥を食っていた。

こうした労苦の中にまず専攻科の波平貞子が悲鳴をあげて、次々と生徒がへたばっていった。それは、無理もないことである。すべての荷物を持ってもらって身体一つを運んでいるだけの女学生さえ、手を引かなければすぐ百メートルくらいもおくれてしまうので親泊先生がたびたび迎えに帰らねばならなかった。しまいには先生も疲れてしまって、おくれがちになるのを励ましながら連れて行く、私自身も、ただ足が機械的に動いているとしか感じられなかった。

その中にあって、一番年若い瀬底(せそこ)絹や大舛(おおます)清子らはだれにも負けない力を出してくれた。残った上級生とともに、交代する余裕もなくなった人員で、歯を食いしばって担架をかついでくれた。それに励まされ、へたばった上級生も勇気を出してかついだ。「代わりましょう」「いや、まだだいじょうぶ」とお互いに励ましながら進んで行く生徒は、全く一体になりきっていた。

必死の行軍を続けて行くわれわれには、照明弾に照し出される道と、炸裂する艦砲のひらめき以外は何も目にはいらなかった。家族をつれた村人も幾組か避難して行ったし、重い砲弾を輸送する防衛兵も幾人となく過ぎて行った。杖(つえ)をひきながら前線から下って来る将兵にも幾人か出会った。しかし、それらはわれわれにとっては路傍の立木にも等しかった。

こうした行軍の末、ついに高嶺(たかみね)に到着することが出来たころには、全員が疲れきって、一歩も足が進まないような状態にあった。登り口で流れる水に咽喉(のど)をうるおし、それに力を得て坂道を登って行ったが、ちょっとした石にもつまづいてよろめくのであった。そのたびに担架が投げ出され、重傷の生徒は頭をうち腰をうった。

「ごめんなさい」。

「いえ、だいじょうぶ。なんともありません」。

そのたびごとに慰め合う声とともに、担架は這うようにして与座(よざ)の前に引きあげられていった。

そこは連絡所と指定されていた陣地であった。私は生徒を待たしておいて壕にはいって行った。岩盤をくり抜いてつくられた壕には電燈さえ灯されていた。しかし病院の行方をたずねても知っているものはなかった。将兵で充満した壕は、われわれを休ませることも許さなかった。われわれは再び出

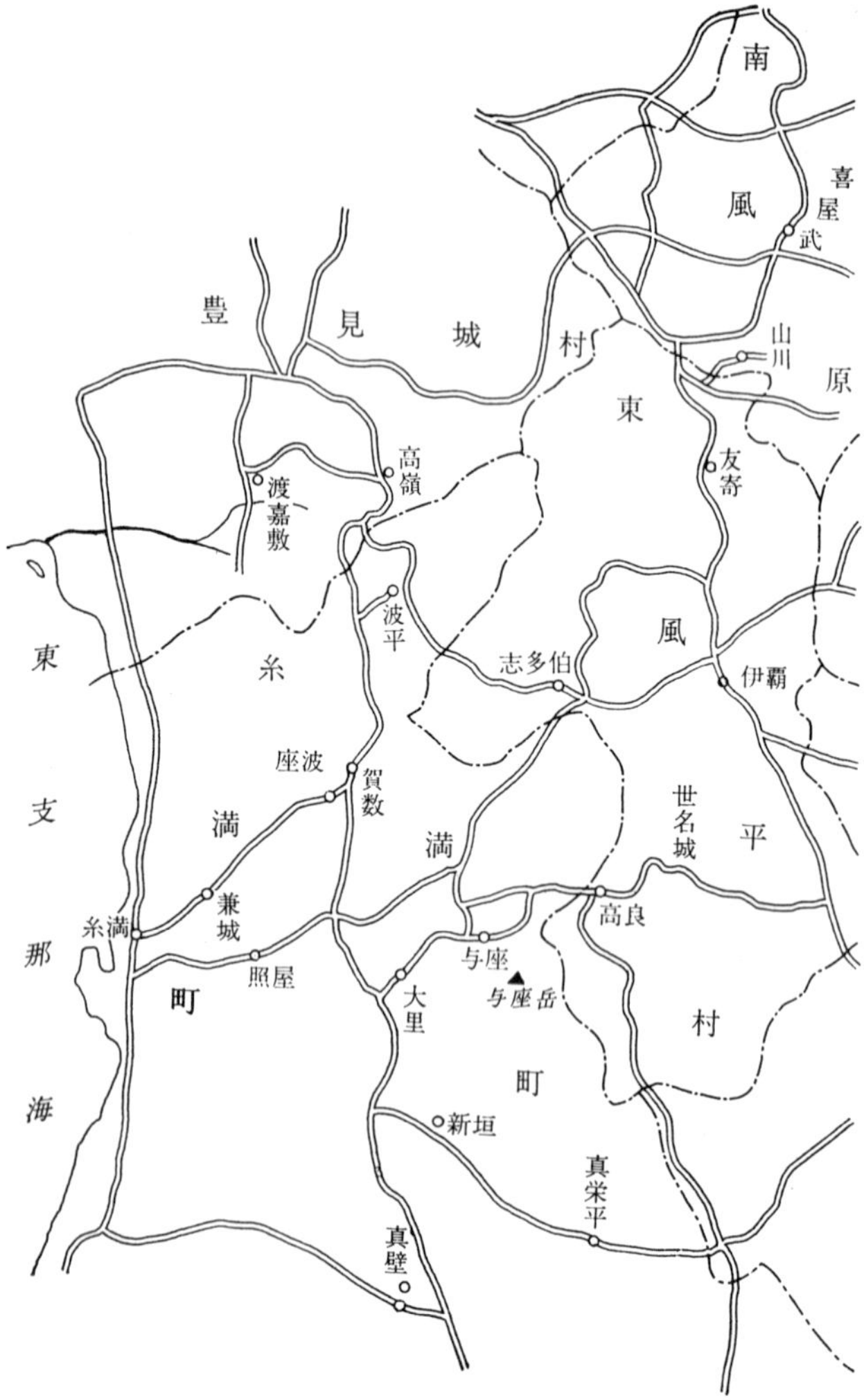

南風原
喜屋武
豊見城村
山川
東風平村
高嶺
友寄
渡嘉敷
波平
志多伯
伊覇
糸満町
座波
賀数
世名城
兼城
糸満
高良
与座
照屋
大里
与座岳
新垣
真栄平
真壁
東支那海

発しなければならない。

しかし、だれも立とうとはしなかった。私は乾パンをわけることにした。十袋の乾パンは二人に一つずつしかいき渡らなかった。「どうせ山城まで行かねばならないのだから、乾パンを食べて元気を出して行こう」と、元気づけても動こうとしなかった。途方にくれていると、艦砲が樹木をふるわせて炸裂した。ここも安全な場所ではないのだ。「さあ、行こう」と言う私の声に皆はじかれたように立ち上がった。どこかの兵隊の教えてくれたとおり森を突き抜けて左に曲がった。山道だ。これは変だと思ったが引き返す暇もなかった。頭上で榴散弾が炸裂した。防召兵が一名悲鳴をあげて倒れた。代わってかつぐや私は駆けながら叱咤した。

「急げ。第一、二担架前進して安全地帯で待て」。岩かげに第三担架を置いて、前後処置を考えた。若い防召兵は大腿部に貫通創を受けていたので、このままの前進は不可能であった。幸い与座陣地に近いので、そこで治療を受けさせることにして、結果を待った。

私は、ひとり坂を登って先頭隊を呼んだ。「オーイ、オーイ」。叫び声はいたずらに与座岳に吸い込まれるように消えていった。「オーイ佐久川、石塚……」とくり返し生徒を呼んだ。どこへ行ったのか依然として返事はなかった。仕方なくかたわらの石に腰をおろした。榴散弾が五分おきに撃ち込まれ、花火のように頭上で炸裂してバラバラと弾の雨が降って来た。私はそのたびに岩陰に身を伏せなければならなかった。全く前後の連絡が切れて約半時間、山中にただ一人とり残された私は、無限の孤独感におそわれた。そばにはだれが残したのか破壊された荷車が一台、車輪を青白く月にさらしていた。うす暗い山肌はところどころ白く光って艦砲の弾痕を示していた。「自分はここで死ぬかも知れない。だれにも知られないで死んでいくかも知れない」と考えると寂しさが私を圧倒しそうになった。これを救ってくれたのは、はるか前方から呼ぶ「先生ー」と言う佐久川の声であった。生き返ったように元気が出て、私も大声でこれに答えた。二、三度呼び交わすうちに連絡がついた。

やがて若い防召兵が杖をついて帰って来たので出発することにした。山道はすぐ行きづまった。木をわけて進んだ。傷をぬらすまいと患者にかけてやった毛布が、たっぷりと雨を含んで、担架は肩に食い入るように重い。まばらな林の中で一人の将校が軍刀を振っていた。守備隊の将校であろう。道をたずねるとまっすぐ行けと教えてくれた。「先生」と、呼ぶ声がだんだんと近くなって、二、三十分の後、先発隊と合流することが出来た。

そこは草原でいつのまに晴れたか中天高く月が上って葉末の露を照らしていた。山の裏側になるのか艦砲もそこには飛んで来なかった。一同は草原に腰をおろして夜の大気を心ゆくまで吸った。親泊先生が、

「このままじっとしていたいですね」

と言った。皆は口々に同意を表した。私は忘れていたたばこを思い出して取り出した。マッチがしめっていてなかなかつかなかったけれど、咽喉にしみる味に私もようやく人間に帰ることが出来た。防衛兵とも初めてゆっくり口をきいた。

「一体山の中へ連れ込んでどこへ行く気か」と防衛兵に叱られて困ったと佐久川が言い出したが、防衛兵も、「いや本当に困ったんだ。悪く思うな」というふうに打ちとけた。担架に寝かされている患者も、こんな空気に安心させられたのか、それぞれ生徒と話し合っている。もし、下のほうの坂を登って来るかけ声を聞かなかったら、いつまでもそこにいたであろう。

「ヨイショ、ヨイショ」と登って来たのは病院兵の担送であった。聞き覚えのある声に、一同は大よ

ろこびで声をかけた。担架は「道があるぞ。もうすぐだぞ」との声を残して過ぎて行った。それに力を得て、われわれも立ち上がった。道はすぐ下り坂になった。前方には太平洋が月明かりににかすんで見えた。具志頭（ぐしかみ）か摩文仁（まぶに）の海岸に違いなかった。三台の担架は勢いよく進んで行った。

まばらな小松原にさしかかると道は三叉路（さんさろ）になっていた。小憩の後、右に曲がってしばらく行くと小さな集落に出た。住民はどこに避難したのか見当たらなかったし、あちらこちら爆撃を受けて破壊されていたが、まだまだ完全な民家が朝もやの中にうす黒く立っていた。中部戦線では見ることの出来なかった静かな光景である。われわれは道傍（みちばた）のこわれかかった無人の民家にはいって夜があけるまで休憩することにした。

民家の中はさすがに荒れていた。床板は取りはずされ家財道具は残らず運び出されていた。われわれは水を求めた。庭の片隅にある井戸からつるべで汲み上げた水をゴクンゴクンと腹いっぱい飲んだ。「おいしい水」と言って担架にもはこんでやった。遠くのほうで「メェー」と山羊の鳴く声がした。住民が避難していったのもつい最近のことかなと考えている時に、にわかに人声がして大勢の足音が近づいて来た。

それは、糸数（いとかず）から転進してきた西岡部長の率いる一隊である。糸数にも敵が来るというので南風原（はえばる）と同じように転進したのであった。その一行は患者もつれておらず、大した荷物も持っていなかった。それでも生徒の中に歩行困難な者が出て大弱りだったと言うことだった。

「糸数の壕はとても大きな洞窟で、中に二階建の家が立っているのよ。そして壕内に電気もついていたのよ」

などと話すのをとり巻いて、われわれはその別天地ぶりに驚かされた。

すっかり朝になったので出発した。時折、偵察機が飛ぶ以外は艦砲も来なければ空襲もない平穏さに加えて、糸数部隊の応援も得ることが出来たので、それからの行軍は楽であった。私は病院本部の所在をたずねながら前進したので、一時担架を離れることもあったが、真栄平の集落でいっしょになることが出来た。真栄平では岸本君の率いる第一外科の一部隊と合することが出来た。この部隊はそれぞれ大きな荷物を運搬して来た部隊であった。

その報告では第一外科の脱出時は敵の狙撃がひどく、出発時にさらに二、三の負傷者を出し、渡嘉敷はついに残して来るよりほかなかったこと、途中の高嶺で予科二年の大城ノブが製糖工場の水道のところで、艦砲でやられていたので、埋葬して来たということであった。

隣の真壁の集落に他の部隊が到着しているらしいというので前進した。そこで第二、第三外科と合流することが出来た。結局この移動に当たって第一外科が脱出に困難を窮めたことと、途中大城ノブが犠牲になったことを除いては、思ったほどの犠牲もなく、まず大成功であったとよろこび合うのであった。

あちこちと病院本部を追究した結果、本部は山城にはいったことが判明したので、全部隊を山城に移動することにした。山城の民家の中におかれた本部を捜しあてることの出来たのはすでに夕闇の迫るころであった。

七　紅に染まる「伊原野」

伊原野は沖縄最南端の摩文仁村の中央部にあって、北は摩文仁の丘が松林となって斜めに走り、南は山城の丘が横たわっている中を、やや東南部に傾斜して細長く続いている幅一キロメートル、長さ二キロメートルにも足りない平野であって、その中を一筋の小川が東に流れ、川口が珊瑚礁の洞窟にもぐって、海岸の岩壁に開口しているという猫額の地であった。村出身の大田晶子（卒業生）がたずねて来て、「在学中には一度も来てくれませんでしたが」と言うほど、在任六年の間にもたずねることの出来なかったほどの僻遠の地であった。それでも、その中には大田の出身地の米須や喜屋武・摩文仁という比較的大きな集落と波平・伊原・山城・大度という小集落があることを大田から教えられた。

伊原野というのは、われわれ学徒隊の大部分が集結していたこと、最大の悲劇が伊原に起こったことを忘れかねて私がつけた名称で、一般に通用するかどうかは知らない。

転進したころの伊原野は平穏なもので、集落もところどころ艦砲や爆撃でこわされていたが、住民も大部分家の中で寝起きしていた。畑には作物がみのり山々は緑に映えていた。六十日近い壕生活に明け暮れした南風原にくらべると全く異なった世界に来たようなものであった。本部をたずねて一行と離れた時、折からの豪雨に見舞われて民家に雨やどりしたことがあるが、その時には奥の座敷から少女が現われて、自分も病院に勤めていましたと大変なつかしがり、あたたかい麦飯をご馳走してくれたことがあった。好意を感謝するとともに、家に住み、家で炊き、家に眠るというのどかさに驚かされたものである。海岸の松原に沿って雨あがりの道を歩いた時は、生徒の波平や石塚と、「遠足に来たようなものだね」と話し合ったものであった。

伊原野ではわれわれも開戦以来六十日ぶりで、これらの村人にまじって平和を味わうことが出来た。床板はなくても屋根のある家で眠るということは、悪臭にみちた息づまるような壕で眠ることにくらべると、すばらしいことであった。時には親切な住人がいて、とっておきの黒糖を熱いお茶に添えて

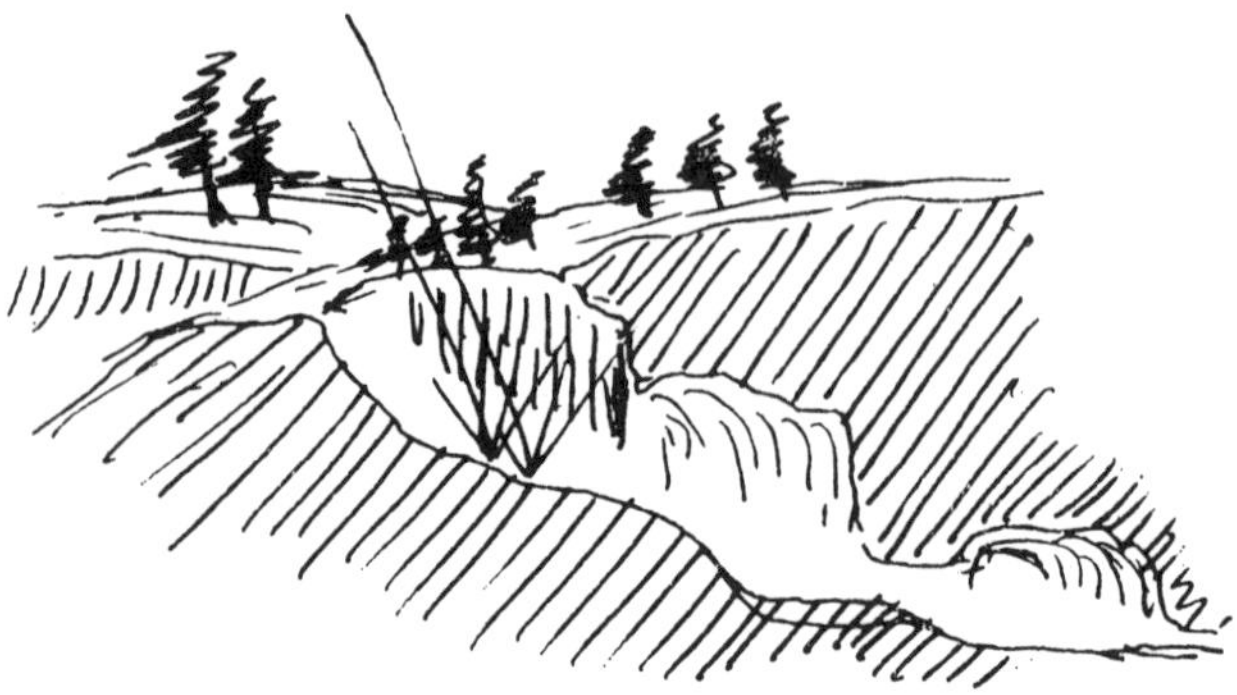

◁山城本部壕

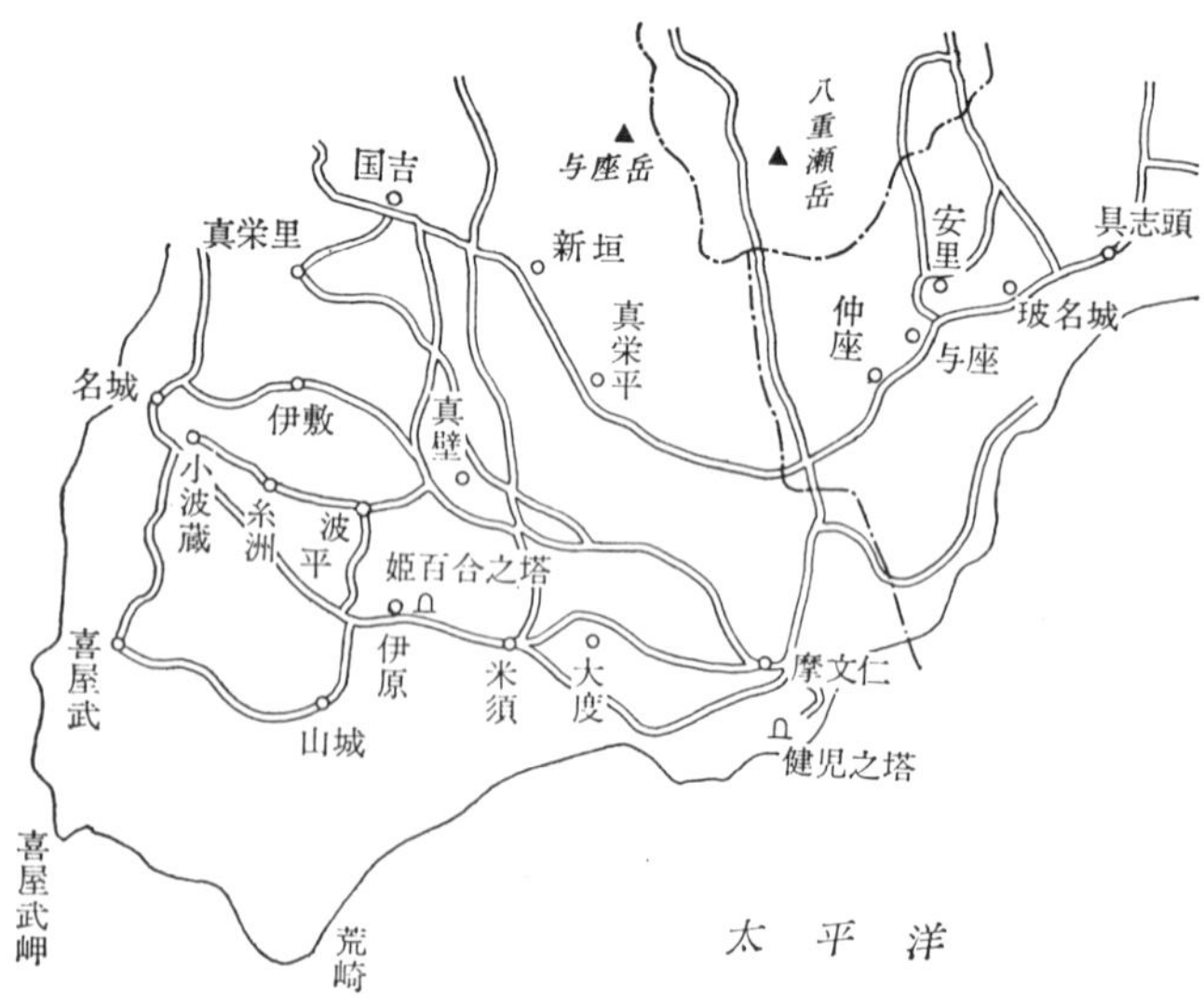
与座岳
八重瀬岳
国吉
真栄里
新垣
真栄平
安里
具志頭
仲座
与座
玻名城
名城
伊敷
真壁
小波蔵
糸洲
波平
姫百合之塔
伊原
米須
大度
摩文仁
健児之塔
喜屋武
山城
喜屋武岬
荒崎
太平洋

ふるまってくれることもあった。熱いお茶を飲むことは新しい生命を吸うような力をわれわれに与えてくれた。小川に降りて行軍で汚れた衣類を洗い、手足の泥を落とすことも出来た。中には六十日来の垢をこの際とばかり洗い落す者もいた。松陰に仰臥して、木の間もる太陽の光をあびながら幾度も幾度も深呼吸をして、大気を思う存分味わうことも出来た。

　こうした生きていることのよろこびを味わうにつけて思い出されるのは、南風原に残して来た渡嘉敷のことであった。「心配をかけてすみません。じきになおります」と寝台の上に横たわって治療を受けていた姿であった。一日、仲宗根君に当時の模様を詳しく聞くとともに、なんとか救出できないものかと相談をした。生別して来た仲宗根君の苦しみはなお私より大きいものがあった。背負い出そうとして用意までさせたが傷の痛みに耐えられない様子にどうすることも出来なかったこと、狩俣キヨも連れ出しに行った者が狙撃にあって負傷するような状況でとうとう連れ出せなかったことなど、当時の事情を涙とともに物語るのであった。久田や儀保まで負傷したが叱るように励まして連れて来たことを聞いて、本部の私の努力がまだまだ不十分であったことを詫びながら、二人でいろいろと話し合ったけれども結論は出なかった。軍にも相談してみたが打開の方法は見出せなかった。情勢はさらに悪化していたのである。首里にある司令部の転進を援護するために、前線では激しい後衛戦が展開されるとともに、南風原・津嘉山地区はその退路を確保しようとする友軍とこれを遮断しようとする敵軍との間に、二十六日以来激しい攻防戦が展開されているというのであった。「様子を見るよりしようがありませんね」と言う軍の意見に、二人は、ただひとり死の苦しみを味わっているだろう渡嘉敷や狩俣の上に幸いあらんことを神に祈るよりほかなかった。

　前線の急迫に伴って伊原野の平和も刻々失われていった。二十七日には早くもわれわれのあとをつ

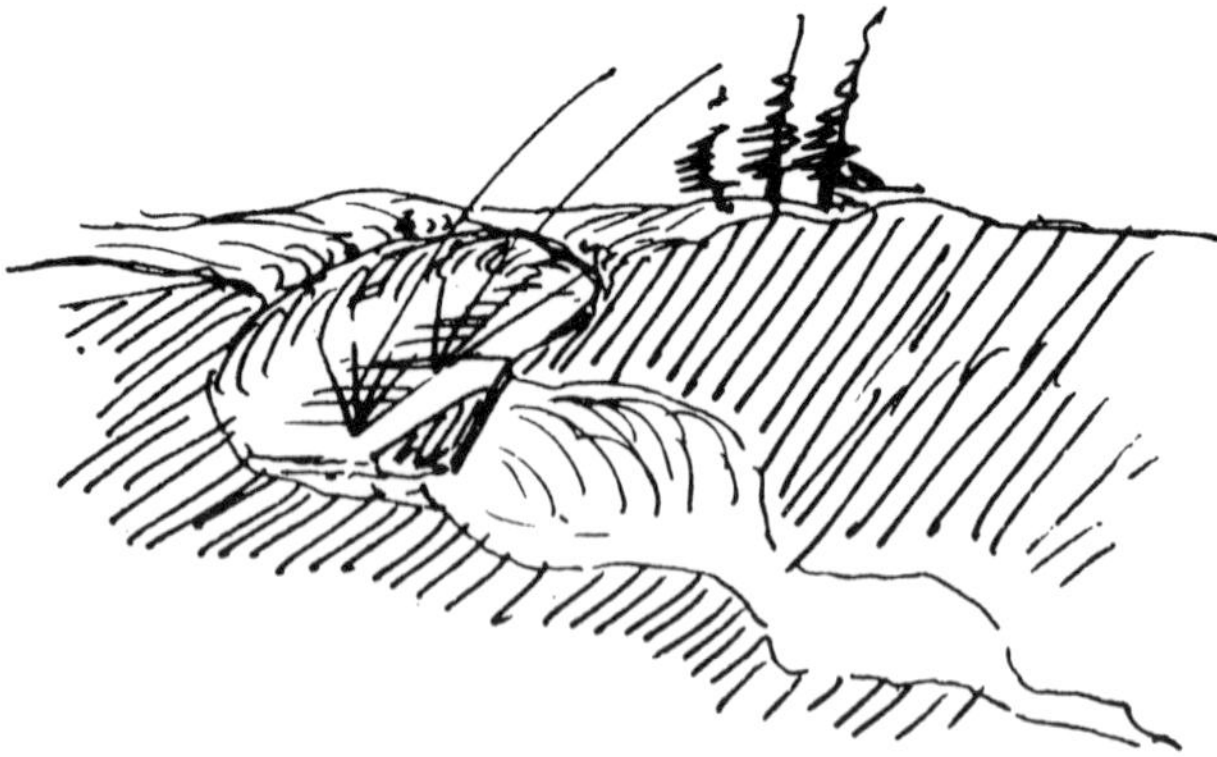

◁第一外科本隊壕

◁大田壕

▷第三外科壕

けて来たように敵機が飛び、時折ではあるが砲弾も落下するようになった。集落にいた病院部隊も、「本部は何をしているか、おれたちの壕はどこだ」と叫ぶようになった。続々と転進して来る部隊や退避して来る民間人のために狭い伊原野は人間でいっぱいになっていた。病院は一応、前線に出払って留守隊が守っている山城の陣地と波平（はんじゃ）の陣地に強引に割り込んで要員だけは収容することになったが、それも間もなく元の部隊が首里城の陥落とともに後退して来て追い出しを食うことになった。伊原野には随所に壕の争奪戦が展開された。それは軍と軍、軍と民との間に起きた醜い戦いであった。伊原野には珊瑚礁が陥没して出来た大小様々の自然洞窟が至るところにあったが、それらは多く土地の者やここを最後として退避して来た住民でうずまっていた。それを容赦のない日本軍が一つずつ追い出して占有していった。統制のなくなった敗残部隊の中には剣を振るい銃を擬して強制的に立ちのかせ、持ち込まれていた食糧等の財物を奪いとるようなものさえあった。

病院のほうも、首脳部はあちらこちら手わけして洞窟を捜さねばならなかった。ようやくのことで話し合いがついて、六月の初めにそれぞれ山城を中心にした五か所に分散配置を完了することが出来た。本部は山城の集落の南端に続く松林にある、さざえの殻を土中に埋めたような形の自然壕で、およそ五、六十名収容することが出来た。二十メートルばかり離れた所に小川の閉口部があり、小川のもぐっている松林の背後には芋畑を隔てて海岸が迫っていた。その芋畑には敵の上陸を予想して多くの地雷が埋没されていると伝えられていた。第一外科は元の波平（はんじゃ）の壕と本部から五百メートルくらい離れた畑の中にある二つの洞窟、一つは本部の壕に似た形で、他は湯タンポを埋めて上から注水口に通ずるように縦坑をあけた形の壕であった。そこには第一外科とあわせて糸数（いとかず）分室が収容された。第三外科はさらに百メートル離れた伊原の松林の中にあって珊瑚礁が陥没して出来たつぼ形の洞窟で、第中には中央に台があって、それを回っていくつものすき間があるという変わったものであった。そこへは識名分室も収容された。第二外科は街道に沿って一キロメートルばかり離れ、むしろ糸満海岸に近い糸洲にあった。しかしそれらに収容出来たのは要員だけであって、退避して来た患者の多くは、付近の集落や洞窟から治療に通って来るという状態であった。

また、壕内には行き場所のない付近の住民が、二、三家族、あちこちの隅にいたが、それはむしろその壕の主人公であった。第一外科の湯タンポ型の壕は真和志青年学校長大田政秀氏のもので学校のため好意をもって譲ってくれたものである。

壕がきまれば設営をしなければならない。そのころにはすでに爆弾や艦砲が飛来していたので、材料は夜陰に乗じて民家をとりこわして運んで来たが、だれもとがめる者はなかった。台をつくり床を張って出来れば患者も収容しなければならぬと、必死になって作業が続けられた。次は食糧であった。南風原から運搬し得た食糧はわずかなものであったので、いつのまにか一日に一食に減っていた。それで幾度か国吉や新垣にある米の運搬に挺身した。重い米袋は持てないので生徒はモンぺの底を結び袋代わりにして肩にかけて運搬した。それも危険のため中止しなければならなくなると、不足を補うために付近の畑から食糧になるものはなんでもとった。芋も掘り大豆も収穫した。芋の葉や茎も食べた。

そのころ、われわれと同じく南部に転進して来た男子部の千早隊によって、師範学校の情況と、何枚かの『沖縄民報』がもたらされた。菊水隊は司令部首里徹退の殿軍を承って敵中に必死の切り込みを敢行し、本部以下千早隊は五月二十七日留魂壕を出て南方に血路を求め、悪戦苦闘の末、三十日未明摩文仁に到着、野田校長以下摩文仁の軍司令部付近の洞窟にいるということであった。新聞はタブ

◁与座岳のジャングル

△摩文仁海岸

ロイド版ではあったが印刷されたもの。われわれは久しぶりに見る新聞を取りまいてむさぼるようにして読んだ。それは大本営発表の麗々しい大戦果と米軍に関するいろいろな宣伝でみたされていた。中でも女子学生の心を強く捕えたのは捕虜となった沖縄女性に関する記事であった。それは「哀れ！無智なる女性の末路」というような題で、命惜しさに敵陣に走った女性がさんざんもてあそばれた末に軍艦に乗せられ、どこへ連れて行かれるかも知らないで毎夜のように悲しい挽歌を海上にただよわせている、哀れ彼女らはいずれ日本の特攻機によって艦もろとも太平洋の藻屑となっていくのだというような書きぶりであった。

八日ころであったか、山部隊の壕を出る時、女学校の生徒を連れて識名分室をたずねて出て行ったきり帰って来ない親泊教諭が、ひょっこり帰って来た。「どこへ行っていたのですか」と尋ねると、女学校の部隊とともにあちこちの壕を捜していたということであった。よく事情をきくと識名分室に配置した高女隊はまだ定まった壕がなくあちこちさまよっていると言う。私は第三外科と合体するよう決まっているからすぐに合流するよう新垣君に伝達してもらうことにした。たまたま西岡部長が連絡に来てくれたのを幸いに、部長の壕をたしかめるとともに第三外科の玉代勢君に会うために、部長に伴われて壕を出た。部長の壕と第三外科の壕は伊原の松林の中に案外接近してあったので、帰途第三外科の壕に立寄って玉代勢君に事情を聞いて見たが、別に高女隊が入れないような事情はないと言うことであった。私は念のため軍医にもよく依頼して帰った。高女隊が第三外科に落ちついたのはそれから二、三日後であり、親泊教諭もその時から正式に本部を出て高女隊と行動をともにすることになった。

親泊教諭とはこれが最後の別れとなってしまったが、私はその時わざと伝えないで胸に含んでいたことがあった。それは同教諭の弟——二中二年生で通信隊にはいっていた——が首里の通信隊のペトン陣地で四月二十九日、艦砲の直撃を受けて壕もろとも戦死したということであった。私はそれを六月の初め、二中の通信兵から聞いて知っていたが、親泊教諭がなんとなく弱っている様子なので伝える勇気を失ってしまったのである。いずれ時機を見て伝えようと思いながら、その機会を永久に見出すことが出来なくなってしまった。

　こうしたわれわれの苦労や努力を嘲笑するごとく、戦線は日一日と縮少され、危機は刻一刻われわれを取りかこんでいった。

　敵機は一人でも人影を認めると機銃掃射を加えて来た。糸洲の情況を見ておくために、佐久川を伴って街道を西進していた時、波平の山をすれすれに飛来した三機は突如私たちにおそいかかって来た。夕方だから機上からはわかるまいとたかをくくっていたわれわれは、バリバリバリと曳光弾が火箭のように飛んで来るのにびっくりした。都合よく石を積み上げた戦車防塞が目前にあったので、それを鬼ごっこのように回って、執拗に折り返し引き返し攻撃を加えて来るのを逃れた時は必死であった。

　敵陣が接近して来たのか十日過ぎからは、伊原野は迫撃砲の集中攻撃にさらされるようになった。井戸とか三叉路とか人の集まるところをねらって、「ヒューン、ヒューン、パン、パン、パン、パン……」と来るのがそれであった。百メートル平方くらいの地点に四、五十発同時に落下するのだから、それにまき込まれた場合はたいてい命がなかった。私も第一外科の壕に連絡に出るために本部の壕を出た直後小川の付近でこれに遭遇したが、すぐ右側の石垣の間に伏せて難をのがれることが出来た。

　伊原野は水のない荒蕪地であった。一つの集落に一つの井戸、地下水のわくところを掘り広げて小池のようにした所に村中の人が水をくみに集まるのである。そのころは集落の人ばかりでなく兵隊も黒山のように集まっていた。これをどうして敵が見逃がそう、伊原の井戸では一度に十数名の者が敵弾に倒れ、井戸は一変して血の池地獄と化してしまった。本部前の小川も生徒が遠くから水をくみに来ていた。第一外科の喜舎場(きしゃば)敏子や比嘉(ひが)ヨシらもその一人であった。会えば必ずきれいな声で「先生!」と呼ぶのが常であった。弾雨の中で水をくむ少女、それは私の目から永久に消えることのない清らかな美しい姿であった。その本部の小川もよく集中攻撃を受けるようになってそのたびに死骸が水に浮かび、水は血潮にそまっていった。私は水をくみに来る少女の無事を祈らざるを得なかったが、幸いにそこでは生徒の犠牲はなかった。

藤野一中校長がやられたのもこの迫撃砲の集中攻撃であった。偶然西岡部長と米須(こめす)街道で行き会って、立ち話をして別れて五十メートルも離れないうちに、これにまき込まれたのであった。同伴の生徒によって第一外科の壕にかつぎ込まれたが、しだいに容体が悪くなり、「じきに友軍が来るぞ。さあもう少しだ。皆元気でがんばろう」と口走りながら息を引きとっていったと伝えられる。それは六月の十四、五日のころであった。

もうそのころには、夕刻になるときまったように哨(しょう)戒艇が海岸に近付いて、約一時間くらい、速射砲の攻撃を加えるようになっていた。「ヒュットン、ヒュットン」と音をたてて赤い火箭(ひや)が松の枝を折り幹を倒して飛んで来た。弾が岩角にあたるとパッパッと火花を散らしていた。

「プーン」と低い爆音をひびかせて、小型機がゆうゆうと頭上を旋回するようになると、きまって敵の砲弾が飛んで来た。時には塔乗者の顔が見えるような低空を飛ぶこともあった。爆撃も銃撃もしない敵機であったが、われわれには悪魔の使いのように思えてならなかった。この悪魔の使いがビラを落していくこともあった。人々はどうせ敵の謀略だと思って警戒していたが、半ば好奇心から拾って読む者もあった。岸本君と二人で小川の近くを通った時、一人の防衛兵が岩かげでビラのようなものを読んでいた。岸本君が「何ですか」と声をかけると、「つまらんものです」と差し出すので手にとって見ると、それは投降の仕方を書いた敵のビラであった。

「ほう！　えらいことが書いてありますね。――それでいざとなればあなたらはどうしますか」と聞くと、防衛兵は怒ったように、「私も日本人です。決してこんなビラなんかに迷わされませんよ」と答えて、ビラを取り返し細かく引きさいて水中に投げてしまった。集まって来た生徒が「何ですか」と聞いたが、私は「敵のビラだよ」と答える以外詳しく話す気にはならなかった。

　第三外科が民家に集まっているところを直撃弾を受けて、多数の死傷者を出したのは、私がたずねて行った二、三日後のことである。幸いその時には生徒に死傷はなかった。十五日には珍しく与那嶺（よなみね）君が本部を見舞ってくれたが、その時高江洲（たかえす）美代子が負傷したと伝えられた。高江洲は炊事勤務中、松本姉妹と三人ならんで芋を洗っているところに至近弾を受けて、ただ一人、背部に長さ十五センチ、深さ三センチの傷を受けたが幸い命は拾うことが出来たという。第一外科の浜元（はまもと）春子が伝令勤務中、やはり至近弾をあびて下顎（あご）から頰（ほお）にかけて重傷を負ったのもそのころである。生命には別条ないということであったが、平素から化膿しやすい体質であったから心配でならなかった。

　与座（よざ）岳、八重瀬（やえせ）岳が敵に突破されたというので、六月十四日の未明には軍医も衛生兵も、大部分第一線へ出動して行った。「しっかりやってください」「がんばってきます」と出陣して行ったが、それは悲壮な、そしてあわただしい出陣であった。私の靴もだれかが間違えたのかいつのまにかなくなっていた。私は黙然としてガランとなった壕の天井を見つめていた。そばでひそひそと私語する生徒の声がいやに高く聞こえていた。

午後になって珍しく宜保春子と安座間晶子が相前後して連絡にやって来た。兵が少なくなったので生徒が来たのである。いろいろ話した後、帰って行くことになった。

「先生、糸洲には黒糖がありますよ。この次来る時には弁当箱につめて持って来ましょう」。「今日は、靴がないからここで別れる、気をつけて行きなさい」。

「先生！　いいですよ。さようなら」。

二人が去って何分かたった時であろうか、轟然と二発の砲弾が入口に炸裂した。硝煙の中から「先生！」と呼ぶ声がきこえる。気のせいかと思っているとまたしても「先生！」と苦しそうな声がきこえて来る。私は思わずとび出して行った。入口の坂道に生徒が一人横たわっているのを見つけて「宜保しっかりせ、しっかりせ」と言いながら奥へ連れ込んだが、迎えた生徒が「先生、これは安座間さんです」と言う。よくみると安座間であった。軍医を迎えにやって、私は再び硝煙の中に引き返して行ったが、宜保はすぐには見当たらなかった。表に出たかと思って坂を登って行くと壕壁に向かって首のない女の死骸が横たわっていた。それが宜保の変わり果てた姿であった。私はぼんやりとしてその場に立ちつくした。

安座間は重傷であった。左胸部に大穴があいて内臓が無気味に露出していた。仲本軍医に処置してもらったが助かる見込みはなかった。「苦しい。殺して、注射して」。

連呼している悲惨な姿に私はなすことを知らず、一足おくれて連絡に来た上原当美子との会話を聞いていた。

「ほんとに私のことを思うなら薬をもらってちょうだい。どうせ死ぬんだもの……。ね！　お願いします」

「だめよ、そんな気の弱いこと言って、だいじょうぶだわ」

「そんなことを言ったって私の体は私が一番よく知っているわ。ね！　早く、早く」。

私はたまりかねて言った。

「おい、しっかりせ、だいじょうぶだ」

「ああ、先生までそんなことを言う……」。

私は黙してしまった。重傷を負いながらこんなはっきりとしたことを言う少女の顔をじっと見つめた。目には涙がうかんでいた。それから少女はかすかなうなり声をたてて目をとじてしまった。皆はただ黙然としてその姿を見守るばかりであった。

安座間(あざま)は南風原(はえばる)では水をくみに出るたびに「先生！　先生！」とよく通る声で呼びながら、いつも手を振っていたかわいい予科生であった。宜保(ぎぼ)は入学以来特に私になつき、ある時など私の机の上に無名で卵をおいて帰る生徒であった。二年の初め、バセドウ氏病になったこともあったがすっかりよくなって勉強していたのであった。この二人を同時に目前で失った私はしばらく何もする気になれなかった。

この時病院長も足首をとられた。睾丸(こうがん)をとられた兵もあった。入口で情況を見ていた十四、五人の者が一瞬にして死傷した。病院長の容体はしだいに悪化し翌日になって遂に片脚切断の処置がとられたが「国頭(くにがみ)へ行こう」「国頭へ行こう」と言いながら息を引きとったということである。そして病院は総務課長佐藤少佐によって指揮されることになった。新院長の手で病院長の遺骸は壕前の弾痕の中に埋葬されたが、墓標には一つの自然石が置かれたのみである。

被弾によって居(きょ)をなくしたわれわれ本部員は、十六日、第一外科と第三外科の壕に分散していった。

親泊（おやどまり）教諭はさきに第三外科に移っていたので、残っているのは南風原以来生死をともにして来た十三人であったが、今となっては、これを一か所に移動することは出来なかった。石川はまだ快復せず、これを手放すのは忍びなかったが、担架のはいり得る第一外科の壕に依頼するより仕方がなかった。そこには一人もはいれないというので、私は佐久川（さくがわ）以下六名をつれてそのとなりの大田壕にはいり波平（なみひら）以下六名は親泊（おやどまり）教諭の行っている第三外科の壕に託した。この悲しい分散の中でただ一つわれわれの心を明るくしてくれたのは、石川と同時に傷ついた山城（やましろ）芳が元気になって立ち上がってくれたことである。「歩けるようになりました」と学友に手をひかれて、うれしい姿を見せてくれたので、涙をながしてよろこんだのはその前日であった。私はその妹、山城信といっしょに暮らせるように配慮して、最も安全だと思われた第三外科に配置した。

　しかしこの分散が数日もたたぬうちに本部員十三名の運命を左右することになろうとは神ならぬ身の知るよしもないことであった。六月十七日、第一外科本隊の壕にその運命の砲弾がとび込んで以来、十八日、十九日とめまぐるしく事態は変転していった。

　本部からの帰途、私が第一外科に立ち寄った時はまだ硝煙の臭いがいっぱい立ちこめていた。「やられたのはだれか。負傷したのはだれか」と尋ねたがだれ一人答えるものはなかった。入口近くには数人の死体が横たわり、壕入口の掩体（えんたい）は無惨に破壊されていた。入口近くには幾人かの負傷者が痛々しい包帯姿でならんでいた。顔面を真白に包帯されたのが知念（ちねん）芳であった。私の声に見えない手を振っているいたましい姿であった。そのそばには石川が寝ていた。再度の被弾に驚いたのか声を出す元気もない。神田幸子も足に相当な負傷をしていた。詳しい模様を大城君に尋ねてみたがまだ十分わからないと言う。戦死した一人は古波蔵（こはぐら）満子であったが、その他はだれであるか私には確認することは出来なかった。翌日になってようやく戦死者は古波蔵のほかに荻堂ウタ子と一高女の牧志ツルであることを知ることが出来た。

古波蔵は動員以来第一外科の治療班であったが、責任感が強くきちょうめんな性質をよく発揮し、その活動は皆の注目するところであった。そのためにはなはだしい過労におちいり転進の後はむしろ元気なく休養していたが、たまたま被弾してショック死でもしたのかかすり傷一つ受けないでほほえむがごとき面影を残して、他界していったのである。荻堂は明朗でユーモアに富む生徒で糸数分室の人気者であったが、その最初の犠牲者になったのである。

このようにして五月の末には、まだ平和の里であった伊原野も、日一日と尊い少女の血潮によって紅に染められていった。

八 解散命令

相続く犠牲の大きさに思い悩んでいた六月十八日の正午過ぎ、本部からの急便に「岸本君、一大事かも知れないぜ」と言い残して本部に駆けつけてみると、案の定、最後がおとずれていたのである。佐藤病院長は居並ぶ将校や連絡員を前にして次のごとく命令した。

「敵はすでに糸洲を侵し、伊原後方に迫っている。軍はただちに戦闘配備につく。学徒動員は本日をもって解散を命ずる。自今行動自由たるべし。軍属看護婦にして軍と行動をともにせんとする者は山城本部に集合せよ」。

ついに最悪の段階に来たのであった。予期していたとはいえ、私はしばらくぼんやりとしていた。

「先生、大変な苦労でした」

「いや、こちらこそいろいろご厄介になりました」

「ところで、これから先生はどうなさいますか」

「国頭（くにがみ）へでも突破しようと思います」

「それは大変ご苦労なことです。国頭には友軍がまだいると思いますから、ぜひ元気で行ってください」

「部隊長は？」

「私はここで最後までがんばるつもりです」。

私は改めて佐藤少佐の顔を見た。少佐の顔はすでに覚悟が出来ているのか、平静そのものであった。少佐はすでにノモンハンで戦歴を重ねていただけに、病院中でも最も度胸がすわっていた。

「どうか武運をお祈り致します」

と、最後の別れを告げ、無理に願って手榴弾三発とローソクなどをもらって帰った。

帰途、私の頭の中は、数多い生徒をどうして国頭突破に成功させるかでいっぱいであった。

「死傷者を除いても、百五十人は残っている。女学校を合わせると百八十名、教員は合わせて十一名、一人の教員が十六、七名くらい引率して行かねばならない」こんなことを考えながら、弾雨の中を走っていた。第一外科まで来ると、仲宗根君が立っていた。

「解散だ」

「今聞いたところだ」

「国頭（くにがみ）へ突破しよう」

「どうして行くか」

「みんなで手わけして連れて行こう」。

壕の中から反対の声がきこえた。

「こんな時になって、生徒を連れて行けるものか。行ったところで散り散りになってしまう。戦線突破なんてそんななまやさしいものではない」。

こと面倒と思って、

「あとで来てくれ。相談をしよう」と言い残して壕に帰った。壕上でばったり西岡部長に会った。報告せねばならないと思っていたのにちょうど都合がよかった。

「ちょうどよいところでした。動員は今解散になりました」

「そうか。もうそんなになったか」

「敵は糸洲(いとす)に進出して、糸洲は馬乗りになっているようです」

「そうか。それで生徒はどうするか」

「国頭へ突破するよりほかありません。ここにいてもやられます。突破出来ないかも知れませんが、一人でも生き残ればよいと思います」

「うん、よかろう。ところで今までの損害は?」

「十一名です。負傷者が数名おります。これは連れて行ける者だけ、連れて行くよりしようがないと思います」

「うん、そうだ。それでは生徒のほうの手配は君にたのむ。おれはこれから壕に帰って用意をする。用意が出来たころもう一度知らせてくれ」

と西岡部長は帰って行った。こんな会話をとなりで聞いていた生徒は、「解散だ！　国頭突破だ！」とざわめいた。そこへいつも来る近所の守備隊の将校がひょっこりはいって来た。

「何事ですか。騒いでいますね」

「解散になったのです。敵が糸洲まで来ているそうです」

「まだだいじょうぶですよ。われわれが守っていますから」

「そうですか。では敵の情況を出来るだけ詳しく知らせてくれませんか」。

　将校の話をきいても不明瞭であった。そこで地図を出していろいろと質問をしているとあわただしく一人の兵隊が呼びに来て、将校はあわてて帰って行った。理由はなんであるか想像出来た。私はぐずぐずしている時ではないと思って、仲宗根君と玉代勢君にすぐ来てくれるように伝令を出した。伝令はなかなか帰って来なかった。その間、岸本君と相談して突破の方向を考えた。私は東海岸がなんとなく良いような気がした。やがて仲宗根君が来てくれた。

「われわれは今夜のうちに脱出して国頭へ突破する。生徒はそれぞれ都合のよい分隊を編成させて脱出させる。脱出の方向はどれがよいとは言えないから情況を見て判断する。負傷者には食糧を与え壕の奥に入れておく」。

　これだけのことが決定した。生徒を十五、六名ずつ責任をもって引率することは、今の場合強制するわけにいかないというので、自分らは出来るだけのことをしようと話し合った。仲宗根君が帰って行く時、脱出の方向を聞いたら、「一応山城に行って情況を見て判断する」ということであった。私の意見とは異なっていたが、私の意見も何ら積極的な根拠があったわけではないので、私は口をつぐんで見送った。

玉代勢(たまよせ)君がなかなか来てくれないので伝令にただしてみると、「壕がわからないのです」と言うので、思わず「バカ」と叱ったが、本当に知っている者がないと言うので叱るわけにもいかなかった。しかし「つい今しがた、玉代勢先生が本部のほうから帰っていきました」と言うのでそのあとを追わせてみたがむだであった。直接玉代勢君に会わないことがなんとなく心配であったが、動員解散のことは十分伝わっているはずだし、その後の処置は、一高女の教員も大勢いることだから間違いはあるまいと言うので連絡を断念した。

岸本君に食糧を分配してもらっていると、去る十日すでに解散になった生徒を引率して伊原(いばる)に来ていた経理部自活隊の仲栄真(なかえま)君が「解散だそうだね」と言いながらとび込んで来た。

「どうするのかね」

「今、部長にも会ったんだが、国頭(くにがみ)へ突破することに決めた」

「そうか。そしてどこを通って行くか」

「僕は東海岸がよいような気がするんだ」

「それがいい。おれは玉城(たまぐすく)村の出身だからその辺の地理には詳しい。おれが案内するからいっしょに行こう」

「それは都合がよい。ぜひいっしょに行こう」

「そうだ、そうだ。いっしょに行こう。東海岸だね」。

仲栄真(なかえま)君はいつもの癖で、そうだそうだをくり返しながら私の肩をたたいて帰って行った。そのころは日がとっぷり暮れていた。第二外科の与那嶺(よなみね)君の壕はすでに敵に「馬乗り」〔自然壕の上や入口を米軍が占拠している状態〕されている以上、今となっては策の施しようがなかった。

私は壕内の生徒を集めて最後の指示をした。

「皆もすでに知っているように、われわれ動員学徒は今日解散になった。皇軍の必勝を期してがんばって来たけれど、残念ながらこんな結果になってしまった。今となっては、われわれに残されている道は国頭（くにがみ）突破しかない。国頭にはまだ友軍も残っているということだから、われわれはこれから第一線を突破して国頭へ行き、友軍と協力して皇軍の再起を待つより仕方がない。

　突破する道は東海岸と中央と西海岸の三つが考えられるがどれがよいかはわからない。しかし私は東海岸がよいような気がする。詳しいことはあとで班長に地図で説明する。こんな情勢では皆が一かたまりになって行くわけにいかないからそれぞれ四、五名の班をつくって行くことにする。国頭まで行くのだから、どの班にも島尻（しまじり）の者・中頭（なかがみ）の者・国頭の者がまじっているほうがよいと思う。それぞれ地理に明るい者が道案内になってみんな力をあわせて行け。

　しかし戦線の突破は決してやさしいものではない。もしだれかが傷ついて動けないようなことがあったら捨てて行け。戦争というものは不人情なものだ。どこまでも戦友は助けたいのが人情であるがそれでは皆がやられてしまう。不幸にして負傷した場合には、負傷者もその点はよく覚悟をしなければならない。一人の負傷者のために皆死んでしまってはなんにもならない。一人でも多く生き残らねばならない。

　しかし――捕虜にはなるな」。

　生き残れということと、捕虜になるなということの間に大きな矛盾を感じて私は言葉を切った。その間岸本君が代わって、新聞で見た捕虜の話を一同にきかせていた。その終わるのを待って私は言葉を続けた。

「用意が出来たらすぐに出発しなければならないから急いで班をつくれ。班がきまったら班長は私のところに集まれ」

班はなかなか決まらなかったが結局寮の組織が中心になって決められた。さっそく班長を集めて突破の方向を説明したが、なかなか了解してくれなかった。毎日壕内にいて、付近の地形さえも十分知らず戦況も十分知らない者に、突破の方向を納得させることは、小学生に代数学を教えるよりも困難なことであった。

新垣(あらがき)キヨはそのあとで次のようなことを言って来た。

「先生、知っている兵隊のところに行ってもよろしいか」

「それは、どういうわけか」

「首里で知っている将校がこの近所にいるのです」

「この近所とはどの辺かね」

「摩文仁(まぶに)のほうです」

「ふーん。それは行かないほうがよい」

「どうしてですか」

「摩文仁の山には司令部があって敵の攻撃の焦点になっている。そんな近くへ行くことは死にに行くようなものだ。それにその将校が今でもそこにいるかどうかわからない。もしいなかったらどうするか」

「――」

「僕は東海岸を通って行く。それがなんとなくよいような気がするんだ」。

新垣は「わからないわ」とつぶやきながら席にもどって行った。

新垣は首里の出身であったが、中寮の寮長として終始一貫寄宿舎経営に協力していたので、編成替えの時、私は新垣を本部員に予定していた。しかし「自分は傷兵看護の現場に行きたい」といってきかないので第一外科の班長にしたのであった。それで私は「おれといっしょに行こう」と言うつもりでいたのだが新垣には通じなかった。

相当の時間がたったがだれ一人出発しようとする者はなかった。「用意が出来た班から出発しなさい」と言っても、どの班も動こうとはしなかった。私は黙然として生徒を見守っていた。「このままここにとどまろうか」とも考えてみた。しかしその結果については悲惨な全滅以外は考えられなかった。私は生徒を叱ってでも出さなければならないと考えた。

「何をぐずぐずしているか。先頭の者が出なければ残りの者は出られないじゃないか」。

叱りながら生徒がいじらしくてたまらなくなった。

「私は皆を連れて行きたい。しかし大勢がいっしょに出たのでは皆がやられてしまう。先生方に手分けして連れて行ってもらいたいと考えたが、先生がさきにやられてしまえば結局なんにもならない。自分で行くより仕方がない。思い切って班ごとに出発してくれ。私は東海岸を行く。ここを出てすぐ海のほうへ行き、それから海岸伝いに東へほうへ行くつもりだ。もし道に迷っている者があったら私が拾って行く。さあどの班からでもよいから出発しなさい」。

一番奥にいた新垣（あらがき）が五、六人連れて動き出した。

「先生、行きます」。

「気をつけて行け」。

これをきっかけにして、次々砲弾の炸裂する壕外にとび出して行った。私は砲弾の炸裂を聞くたびに生徒の悲鳴がきこえはせぬかと耳をすましながらその無事を祈った。壕はだんだんからになって、無限の闇の中に静まっていった。もう幾人も残っていない。

「先生！　私らは先生といっしょに行きます」

との声に気がつくと、佐久川以下六名の者――動員以来終始私と行動をともにして来た者――が残っていた。その他には第二外科にいる妹を待っていた岸本教官と、つい先刻糸洲を脱出して兄のもとに駆けつけたばかりの岸本ヒサ子――それによって第二外科も夕刻より脱出を開始し、すでに大部分は第一外科と合体して脱出中であることが判明した――とそれに足を負傷した高女卒業生照屋貞子の三名であった。照屋は足に負傷して歩行が無理であったので岸本君と相談して、この壕の主、大田政秀氏に託することにした。大田氏は「責任をもってお預かりしないわけにいきません」ということであったので、「ここには食糧も十分あるから残っていて、大田さんのするとおりしなさい」とすすめたが、「第一外科のほうへ行ってそこに残ります」と言うのであった。

壕を出た時は、もう夜明けが迫っていた。照屋のことで手間取っている間に、先発の生徒の姿は視界になくなっていた。急がなければならないので、西岡部長への連絡はやめることにした。第一外科本隊の壕をのぞいてみたがすでに出発してしまってだれもおらず、昨日まで入口に寝かされていた負傷者も奥のほうへ運び込まれて見えなかった。石川や知念に今一度会っておきたかったが壕奥の案内も知らず、またその時間もないのでせかれるままにその場で別れを告げて先を急いだ。道路に出た瞬間「バリバリバリ」と右方から狙撃された。敵は意外に近かった。赤い火箭が幾本もとんで来る中を匍匐して懸命に前進した。ようやく松林を越すと弾が来なくなった。二百メートルくらいの畑を横断して海岸に出た時はすっかり夜が明けていた。

九　終　焉

大度（おど）の海岸は敗戦の悲哀をこめて明けていた。

戦いに敗れ指揮を失った兵隊がよれよれの軍服をまとって右往左往していた。「敵はついそこまで来ているぞ」。と後ろから駆けぬけて行く兵隊があるかと思えば、前から来る兵隊は「お前ら、どこへ行くんだ。摩文仁（まぶに）にはもう敵が来ているぞ。おれたちは今そこから引き揚げて来たんだ」と尋ねもしないのに言い捨てて足早に去って行く。「どうせ、どちらも敵なんだ」と思って私は東行を断念しなかった。しかしすっかり夜が明けてしまっているので早く待避しなければならなかった。大渡の松林まで行ったが、その中には幾人もの死骸がころがっているので危険だと思った。小川の縁に待避しようとすると、小川には、まりのようにふくれあがった死骸がいくつも浮いていた。「阿檀（あだん）〔熱帯性常緑低木〕の陰にはいろう」と岸本君が言ったが、私はその気にならなかった。「今日はもう最後の段階だ。日本軍のいそうな林やジャングルの中は必ず攻撃される」――こんな気がしたのであった。せっぱつまって畑の中にたこ壺（つぼ）を掘るよりほかないと考えた。比較的柔らかそうな所を見つけて、たこ壺を掘りにかかったが、手掘りでは二十センチも掘るとそれ以上はどうにもならなかった。その時すでに例の悪魔の使い――トンボ〔敵機〕の爆音がきこえて来た。「早く掘れ」と言ったが「どうにもなりません」と言う悲痛な叫びが返って来るばかりであった。

ふと前方に目をやると、芋畑の中に畦（あぜ）石があって、こんもり阿檀におおわれているのが目についた。

とっさにそこに待避するのが最上であるとの考えがひらめいた。私は躊躇なく、「前方の阿檀の陰に待避する。すぐ行け」と命じた。約七、八間の阿檀の陰に全員が腹ばって待避した。私は海軍ナイフを手渡してその下葉を切り取らせた。一番前方にいた与那嶺が「ここも危険です。一間ほど前に死骸がころがっています」と叫んだがもうどこにも動けなかった。朝の攻撃が始まったのである。

私は、「どうせ攻撃はされるに決まっている。しかしこんな畑の中に艦砲や爆弾は来るまい。迫撃砲が来るかも知れないが、この隊形なら全滅することはあるまい」と考えた。すっかり覚悟をきめて、「今日は、ここで一日中敵の攻撃を見物するのだ。山城がひどくやられるか摩文仁がひどくやられるかよく見ておこう。ここには迫撃砲くらいしか来やせんから溝の中へはいっておればだいじょうぶだ」と皆を元気づけた。思ったとおりであった。われわれの頭上を十字砲火がとんで、山城・摩文仁の両山は終日猛烈な攻撃を受けた。両山に炸裂する艦砲と爆弾はわれわれの耳をおおって猛烈を極めた。私は「恐ろしいと思う者は目をつむって寝ていなさい」と教えた。それにつけても、一応山城に行って情況を見ると言っていた仲宗根君や、それに従って山城に登って行ったかも知れない大勢の生徒のことが心配でならなかった。水も飲まず、食事もとらず、身動きもしない、長い長い一日であった。

しかしようやく日が山城の山にかくれたころ、われわれにも危険が迫って来た。前方五十メートルくらいの地点に数発の迫撃砲が白煙をあげて撃ち込まれた。その煙の中から一人の村人が狂気のようにハンカチを振って海岸の阿檀にとび込んで行った。「変だな」と思っていると、次は前方十メートルくらいの地点に迫撃砲が落下した。バサバサバサバサと土がわれわれの阿檀の葉を鳴らした。

「近いな！」

「西平さん。ここは危い」

「行くか」

「行きましょう」

「海岸の阿檀の中へ待避！」

われわれは一目散に駆け込んだ。

「敵に見つかっているぞ。すぐ穴にはいれ。穴がなければ伏せ」。

佐久川（さくがわ）・石塚・伊波（いは）らが私とともに目前にあった壕にくずれるようにすべり込んだ。

「バンバンバン」

ギャアと言う悲鳴。

「こわい！」と言って佐久川（さくがわ）が私にしがみつくのと同時であった。

「やられたあ」と大舛（おおます）の悲痛な声が悲鳴にまじって聞こえて来た。私は佐久川の手をほどきながら
「大舛がやられたらしい。行ってやろう」と言ったが佐久川はひどくふるえて立てなかった。気丈な佐久川がこんなに恐怖を表面にあらわしたのは意外であった。出てみると大舛は一間ほど離れた阿檀の株の上にのびて、腰からは血がどくどくと流れ出ていた。

「どこをやられたか」と聞きながら調べてみると、どうも大腿骨がやられているらしく、ころがそうとしても硬直してなかなか動かなかった。仕方なくモンペを裂いて傷を調べて見ると傷は腰関節付近、大きな穴があいて盲管銃創であった。大急ぎでガーゼをつめ込んで圧迫包帯をするより仕方がなかった。

「足を動かしてみ」

と言ったが、足は伸びきって動かなかった。近くには軍属の朝鮮人が二人顔面に血をたらして「哀号！

哀号！」と泣きさけんていた。しばらく様子を見るより仕方がないと考えて壕に帰った。

壕は村人の掘った半坪くらいの素掘壕で中に子供をつれた中年の夫婦がいた。心配顔に「どうかなさいましたか」と声をかけてくれた。

「生徒が一人やられました」

「――」

「先ほどはどうも突然とび込んで失礼しました」

「あなたらは一高女じゃないですか」

「はあ、そうです。あなたは？」

「学校の裏の製糸工場の者です」。

民間人であるのにこんなところまで移動して来て、しかも戦局の悪化も十分知らないままにふるえているのであった。私が敵は近くまで来たので動員が解散になってこれから国頭（くにがみ）へ突破するところだと話すと、「そうですか、もうそんなになっていますか」と夫婦は顔を見合わせて眉（まゆ）をひそめた。子供は母親の膝に顔をうずめていた。母親は無言でその頭を何度もなぜていた。

しばらくして、夫婦に礼を述べて壕を出た。大舛のところに集まって、

「大舛！　動けるか」

と声をかけたが、泣いて答えなかった。学友たちもとりすがって大舛をたすけたが、五尺三寸（約一六〇センチ）を越える大きな大舛は一本の丸太のように横たわったまま動こうとしなかった。「這えるか」と言っても大舛はただ悲しそうに泣くばかりであった。一同もともに泣いた。せめてどこかの壕にでも入れようと思って手をかけたがこれも断念しなければならなかった。

「万事休す」であった。私はそのまま残して行くことを決意した。

「大舛、すまないけれど、われわれはここから一応退避する。もし都合がついたら迎えに来る。それまで命を大事にしていてくれ」

と泣く泣く言った。岸本教官はこれに続いて、

「大舛！　一人で残されるのは寂しいだろうから、ここに僕の刀をおいていく……」。

私は見るに忍びなくなって、阿檀の林をかきわけた。生徒も続々として私に続いた。

阿檀のジャングルの外側は白い砂浜であった。所在の壕にはいって海上を見渡すと、折しも三隻の哨戒艇が単縦陣になって西に向かって白波を切っていた。息をこらして見ているとだんだん速力をおとしてわれわれに向かって回頭し始めした。

「撃たれるぞ、おれに続け！」と言って交通壕の中をはって逃げた。交通壕は大度の松林のところで切れていた。困って前方を見ると、幾人かの兵隊や民間人が一団となって浜辺を走っていた。様子を見ていると、一向に撃って来ないので、

「よし、あれに続け」

と言って海岸を走った。砂浜がきれて断崖に坂道があった。夢中になって駆け登って摩文仁の台上に出た。

その時、軍艦から速射砲がいっせいに海岸に向かって撃ち込まれた。「ヒュットン、ヒュットン」と無気味な砲音がとどろいて、今通って来たばかりの砂浜からは砲煙と砂煙が次々と巻き上がって行った。われわれは台上の岩陰に身を伏せて固唾を飲んでその光景を見守っていた。

人員を調べてみると岸本教官と伊波文子がいなかった。またしても犠牲を出したのではないかと心

配された。「どうしようか」と迷っている私の目に岸本久子の泣き顔がうつった。

「岸本！　心配するな。どこかで都合よく退避しているかも知れないから、捜しに行こう」と、心の中ではせめて最後の模様でも見届けておかねばならないと決心しながら、他の生徒を安全な石室に待避させて捜しにもどった。うす暗くなった坂道を駆け降りて、「岸本君！　岸本君！」「兄さん！　兄さん！」と二人で叫びながら砂浜を駆けて行った。いくら行っても叫び声はむなしく夕闇に消えて返事はない。泣きながら走っている岸本を励ましながら、ほとんど前の場所までもどった時、「オーイ」と言う返事が前方の壕の中から聞こえた。

「どこだ」

「ここだ」

「異常ないのか」

「元気だ」

「どうしていたんだ」

「おくれたから動けなかったんだ」

「心配したぞ」

「ありがとう。へたに動くと捜してくれてもわからなくなると思って、伊波(いは)といっしょにじっとしていたんだ」

「まあよかった。早く皆のところへ行こう」あちらこちらの岩陰から「何をうろうろしよるか」「敵に見つかるぞ」「これ早くかくれんか」「撃つぞ」などと兵隊の悪罵をあびながら元の道を通って石室に帰った。

△摩文仁海岸の絶壁と洞窟

すぐ出発することにしたが、丘を行っては危険であるし、へたをすれば敵に捕まるおそれがあると考えて摩文仁（まぶに）の海岸を通ることにした。台上を海に向かって進んで行くと五十メートルくらいで絶壁の上に出た。こんな絶壁の下が通れるかどうかと心配になったが、下のほうで人声がするのに勇気を得て一歩一歩足場を求めながら夕闇の岩壁を降りて行った。

太平洋の黒潮が無気味なうなりを立てて、「ドドッドドッ」と押し寄せていたが、絶壁の直下は珊瑚の海棚になっていて、絶壁にはところどころ浸蝕を受けて洞穴が出来ていた。これならばと一応安心すると急に空腹を覚えた。昨日来一物も口にしていなかったのだ。そこで持っていた米を取り出して炊事をすることにした。流木を集めて火を焚こうとしたが、くすぶってなかなか燃えなかった。

その時、突如、「パーン」と今われわれが降りてきた崖道に砲弾が炸裂して破片が周囲にパラパラと落ちて来た。夜の攻撃の第一発であった。炊きかけの飯盒（はんごう）を引っつかんで、安全な場所を求めて移動した。岩鼻を二つばかり回って暗闇の中に一つの大きな洞窟を見つけてその中にはいった。そこには大勢の人声が聞こえていた。その間にわれわれもそれぞれ席を見つけて岩の上に腰をおろした。

一息つくと、「今夜のうちに脱出しなければ……」と気がせいた。行方の様子をうかがってみると、そこには無気味な潮音と時々それを破ってとどろき渡る砲火が待っていた。黒潮に乗って太平洋のかなたから押し寄せて来る波は、底知れない力をもって孤島沖縄の南岸を洗ってはくずれくずれては洗い、海面すれすれに出来た珊瑚礁の海棚に夜目にも白く砕けていた。潮が満ちて来ると海棚をおどり越えて丈余の絶壁の足もとをかんでいた。それは昼なお恐ろしい海岸の光景であった。しかし追いつめられた人間は、それも恐れず幾人も幾人も群をなして東へ東へと進んでいた。私はそれら影絵のような人影を闇をすかして岩陰から眺めていた。すると突如海のかなたからその群に向かって砲弾がうち込まれた。波をかすめて飛来する砲弾は珊瑚礁の岩角に当たって炸裂した。ババッと火花を発して次々に炸裂した。その瞬間火花が焼きつくように眼をくらませた。ようやく眼が元にもどって闇を見通せるようになった時には、それまでにいた人の群は一人も見えなくなっていた。この道もまた「水漬く屍」の道であった。私はその夜は洞穴にとどまることにして、明日昼の間によく情況を見定めてから出発することにした。このまま猪突することは死の中に突進することにほかならない。

こう決まると、ふたたび飢えと渇きを覚えた。さげて来た飯盒の中から生煮えの飯をとり出して、一粒一粒かんで食べた。水がたまらなく欲しくなった。生徒がその辺の溜り水をくんで来てくれたので「ありがとう」と言ってごくんごくんと飲んだ。「おいしい。さあ飲みなさい」と隣の生徒に手渡したが、生徒は一口飲んで「これは臭い」と吐き出した。私は「そんなことはない」と主張したが鋭敏な生徒の鼻が承知しなかった。翌朝になって調べてみると岩盤の凹みにたまった血で染められたうす紫の水であった。

うす暗いままに、われわれは自分の席がどんな場所であるか十分確かめることもしないで岩によりそって眠っていた。ときおり炸裂する砲弾に目をさまされながら、おりから降り出した雨も気にかけないで、うつらうつらと眠っていた。夜が明けて見ると、そこは浸蝕によって出来た大きな岩柱が再び波にたたかれて元の母岩に倒れかかって出来た大きな洞門に過ぎなかった。こんな所だったのかと驚きつつ、目は周囲の安全な場所を求めて動いていた。そこにはわれわれのほかにも、二、三十人の人間がいた。指揮者を失った兵隊がよれよれの軍服に疲れきった身体を包んで、中には村人の着物を奪って軍服の上にまとい芝居にでも出るようなかっこうをして、少しでも安全な場所を埋めていた。われわれの洞門から二間ほどへだてた側方には大きな洞穴があったが、そこは通信隊の洞窟で少年兵や村人を交じえて五、六十人もはいっていた。周囲を詳しく偵察したがどこも人でいっぱいであり、かえってわれわれの占めている場所が、海正面からは大岩の背面になっていて、安全な場所であると考えられたのでそこを動かないことにした。そこは大石柱の内側の一段高いところで身をかくす穴はなかった。全身を露出していることが何だか危険なように感じられわれわれは少しでも岩の隙間を求めて身体の一部でもその中にかくすことに努力した。「足を大事にせよ。足に負傷すると助かる命でも助からないぞ。弾が頭や胸にあたれば一思いに死ぬことが出来る。死んでもそのほうが楽だ。片腕くらいはとんでしまってもなお歩くことが出来る。足をやられたらどうにもならん」というのがその時の気持ちであった。私たちは巣にいる雛のように岩の隙間から上半身を出して行儀よくならんでいた。

明るくなるにつれてだんだん人数が増し、われわれの前面にもいつのまにか百人くらい集まっていた。その中に中頭の安里姉妹がいた。敵上陸以来石部隊に協力していたが、友軍の後退とともに後退を続けこの南の端に逃れて来ていたのであった。首里の前面ではすっかり敵中に包囲されてしまったので、切り込みに行く要領で敵戦車の横をすり抜けて来たと語っていた。生徒たちは敵中突破の模様を熱心に聞きながら、安里姉妹の勇気と努力を口々に称賛し同行の兵隊に礼を言って姉妹をわれわれの一行に迎えた。その他東海岸を選んだ生徒が近辺にいそうに思って捜してみたが、だれ一人見出すことは出来なかった。私は昨夜の光景を思い浮かべながら、あの砲火の中に消えていったのではなかろうかと暗い気持ちになった。

八時ころになってこの付近一帯に対して猛烈な攻撃が開始された。軍艦主砲による陣地攻撃であった。われわれのはいっている洞門の上部——おそらくこの付近は軍司令部の所在する摩文仁の岩山と推定出来る——に対して、三連装の主砲から撃ち出される巨大な砲弾が地を震わせ相次いで炸裂した。

「ダ、ダ、ダン」とくるたびにわれわれの頼りにしている岩柱が、ぐらぐらと揺れて、母岩の上部に大きな穴があき、砕かれた岩片と砲弾の破片があちこちにはね返って、目の前にピュンピュンと飛んで来た。

　ふと見るといつの間にか十個ばかりの急造爆雷が眼前にならべられていた。

「だれか！　爆雷を片づけんか。ここで触発したら皆死ぬぞ」

と思わず叫んだ。兵隊がこそこそと片づけた。その時通路にいた一人の兵隊が倒れた。鮮血が岩を染め海水が紅に変わっていった。だれ一人助けに行く者がなかった。岸本君が私の耳に口をよせて、

「西平さん。もし私がけがをしたら、すまんけど手榴弾で殺してください。妹はとてもそんなことは出来ないから、もしだめだと思ったら殺してください」

とささやいた。

「同様だ。おれもやられたら頼む」

とすっかり死ぬ覚悟が出来てしまった。私は生徒たちを見渡した。だれ一人口をきく者もなく蒼白な顔をしてふるえていた。岩を突き破ってでも穴にはいりたいというかっこうで岩の隙間にはいり込んでいた。咽喉（のど）がしきりに乾いた。われわれは鐘乳石の先から滴々と落ちる水を水筒に集めては咽喉をうるおした。

　午後になって一時攻撃が途絶えたので、私は付近を偵察した。どこにも移動出来る場所はなかったが、われわれのいる洞門は、ちょうど前方の高い岩山にさえぎられて、艦砲がとび込む心配が全然ないことを発見した。私は席にもどって皆を安心させてやった。そして破片などで足につまらぬ傷を受けないようにくれぐれも注意した。午後も攻撃が続けられたが案外平気でいることが出来た。

その間私は次のようなことを考えていた。

「この地点は明日も必ず攻撃を受ける。その攻撃は爆弾でなされるかも知れない。岩間に幾千と知れない日本兵がひそんでいることを知れば、敵は必ず岩間を目標に爆弾を投下するだろう。一発でも爆弾が岩間に落下すれば、その爆風のため全員が吹き飛ばされるにちがいない。あるいはガス弾攻撃を受けるかも知れない。そうなると、どんなに岩間にひそんでいても全員やられるにちがいない」。

私は岸本君にこの考えを述べて、いかなる犠牲を払っても今夜にはここを出発しようと提案した。さらに昨夜の様子から判断して、海棚を行く時は大勢いっしょになって行っては危険であるから、今夜はだれよりも早く出発して一番先頭を行こうと話した。岸本君も同感であったので、生徒にひそかに出発の用意を命じた。

この時二人の見知らない兵隊がわれわれの前に現れて、いっしょにつれて行ってくれと願い出た。よく見るとまだ若い兵隊であったが、大阪出身で子供もあると言う。兵隊といっしょに動いていると死ぬことが多いからわれわれの仲間に入れてくれとしきりに願った。軍服を着ている者の言葉としてはおかしくもあったが、また一面気の毒な気もしたので勝手について来なさいということにした。

前方から、この様子を見ていた一人の若い下士官が、われわれの前に進み出て大声で語り出した。それは急造爆雷の主であった。

「われわれはこれから切り込みにまいります。この爆雷をもって敵陣へなぐり込んできます。われわれはその辺にうろうろしている敗残兵ではないのです。まだ部下も残っています。必ず敵をやっつけて来ますから安心してください」。

山本という京都の兵隊であった。われわれは胸のすくような思いがして、「しっかりやってください」

と激励した。この兵隊たちはまもなく暮れ方になった洞門を出て行った。私はこれに機会を得て出発を命じた。後ろのほうで、

「まだ早いぞ。見つかるじゃないか」

とどなる声がしたが、私は「かまわん。おれに続け」と言って洞門を出た。

少し行くと海が深くなったので岩間を進んだ。幅一メートルか二メートルしかない岩の間には身動きならぬほどの兵隊がつまっていた。こんな所があったのか、こんなに兵隊がいたのかと驚かされた。中にはゆうゆうと炊事をしている兵もいた。「こら消さんか」「見つかるじゃないか」とどなる声もあった。すっかり変装した――膝までしかない子供の着物に毛ずねを出してそれでも軍刀だけは後生大事に持った――将校もあった。われわれは手をつなぐようにして、その中を通りぬけて行った。「迷子になるな。しっかりついて来い」と言いながら、一刻も早くこの奇妙な谷間をぬけ出したいと進んで行った。飛行機がまだ飛んでいた。しかし夕闇で人影はわかるまいと思ってかまわず進んで行った。途中にわかれ道があった。右か左か運命の岐路である。左のほうはやや狭く登り坂になっていた。それは摩文仁(まぶに)の丘に通じるものと判断された。「今丘に出たのでは、敵のまっただ中に飛び込むようなもの、もっと進んでからでなければ敵の後方には出られない」と考えて右のほうを選んだ。しばらく行くと急に視界が開けて再び海に出た。「よし！　これからが海中突破だ」と思わず身震いがした。

私は改めて生徒をふり返った。同行を願い出た二人の兵隊はいつのまにかはぐれてしまってその姿はなかった。

「いよいよこれから海中突破だ。かたまってはだめだから二人ずつ分散して行こう」。

安里(あさと)姉妹、佐久川(さくがわ)と石塚、与那嶺(よなみね)と伊波(いは)、岸本君とその妹、私は一行中の一番年若い瀬底(せそこ)絹と手をつないだ。岸本組が先頭、私の組が最後、間に生徒ばかりの組をはさんで出発した。われわれの前方には二、三人の人影しかなかった。「あの先頭に出るのだ」とわれわれは先を急いだ。

珊瑚礁の海棚は広いところで十メートル、狭いところで二メートルくらいの幅で岩壁の下に続いていた。それは針の道のように鋭い凸凹の道である。ところどころに深いきれ込みがあって、そこに落ちこむと全身海水に没してしまう。われわれは互いに助け合いながら、あるいは横にひろがり、あるいは縦にならんで進んだ。照明弾が次々撃ち上げられてわれわれを白日のような明るさの中にさらし出す。こんな時には海中にうずくまって動かない岩のように息をこらして光の弱くなるのを待った。そのうちに月が上がってわれわれの前途を青白く照らし出すようになった。仕方がないから観念して波をけって進んだ。

白い波が岩角に当たって砕ける。その線にそって脱兎のように黒い影が躍進する。生命を賭しての脱出である。沖のほうで光ったかと思うと「ダダダン」と艦砲が水をはね岩を砕き生命を吹き飛ばして炸裂する。思わず伏せた時はすでに自分の運命が決している時である。時には水中深く没して息をこらすこともあった。時には棒立ちになったまま不思議に傷一つ負わぬこともあった。後方で艦砲が炸裂すると「後ろのほうがねらわれているぞ」と前へ突進する。すると前方の崖の上で「ピュー、ピュー」と口笛がしてバリバリバリと撃って来る火箭(ひや)がとび、弾がピュンピュンと無気味な音をたてて岩にはね返る。こんな時にはわれわれは岩陰にしゃがんでいつまでも息をこらした。そんなところは一つの隘路(あいろ)であった。危険だけれどもそこを通るよりほかに道はない。狙撃のやむのを待って一組ずつ足音もたてないように注意しながら通過するのであった。

△珊瑚海の脱出

こうして幾度か死地を脱して前進して行くと、やがてゴウゴウと音をたてて、岩間から水の吹き出ている海岸に出た。思わず「水だ」と叫んで顔を突込むようにして腹いっぱいに飲んだ。そこは転進の日、豪雨の中で玻名城近くの壕をたずねて行った時、轟々と音をたてて壕底を流れていた水が海岸に吹き出しているのだと判断された。私は「そろそろ丘へ登ろうかな」と考えた。しかしよく見るとその滝のように流れ出る水には相当多くの人影が集まっているものと見て、ふと気が変わった。「もう少し先に行ってみよう。この付近は海岸も絶壁でなく、やや急傾斜になっているだけだから、だれでも陸へ上がりたいと考えるだろう。それだけに敵も網を張っているに違いないから、ここはさけたほうがよい」と考えた。

再び前進を続けて行くと海岸は再び絶壁になった。そして一つの岩鼻を回り二つ目の岩鼻を回ろうとする時であった。眼前には不可解な光景が展開された。陸と海上の両方から機銃が猛烈な火をふいているのである。それは月明下に火花を見るようなきれいなものであった。初めは陸が友軍で海が敵だとも思われたが、やがて陸も海も敵だと判断された。両方から撃ち合うのでなく、両方ともその中間の海棚をねらって撃っているのだ。それは脱出者に対する火襖であった。そのへんの海棚は、岸を離れて相当沖のほうに迂回しているようであった。そこで倒れれば文字どおり「水漬く屍」になる難所でもあった。

われわれは前進を停止することにした。後退することも考えられたが、越えて来た苦労を思うとそれもしゃくにさわる。とにかくこのへんで一泊して情況を見るにこしたことはないと考えて、付近の岩陰を求めて設営した。そこには小さな砂浜になっていてすぐジャングルとなり絶壁に続いていた。付近にはほとんど人影がなかった。すっかり空腹になっていたので付近の流木を集め飯を炊くことにした。捜しても水がなかったので海水で炊いたがしんのある飯にしかならない。「これが遠足だったらなあ！」などと案外のんきそうに話し合う生徒たちと、砂浜にくるま座になって食事をした。

朝になって見ると、そこは一方を絶壁にかこまれた平月形の海岸で、その絶壁の下のほうには崩れ落ちた土が積もって阿檀等の熱帯植物がジャングルをなしていたが、上の方は高いところで七、八間、低いところで四、五間の絶壁となっていた。私は双眼鏡を出して絶壁を観察した。そして、その中に二か所、水の落ち口になっているのか下から植物がはえ上がり、人間の登れそうな所があるのを発見した。私はそこをよじ登って丘へ出ることが最も賢明だと考えた。「ここなら敵もそう厳重に警戒していないだろうから都合よく陸へ上がれるかもしれない。陸上もこのへんまで来れば第一線から相当離れているからそう警戒が厳重であるまい」というのが私の判断であった。絶壁を登ることは、女の子には無理だがまず男子が登って上から綱をたらしてやればそれにすがって登ることができる。

そこで私は一同に私の考えを説明して、夕方になれば崖登りを決行するから、昼のうちによく休んでおくようにと命じた。その時、はるか摩文仁(まぶに)の方で轟(ごう)然たる音がしたので、ふり返って見ると、二本の黒煙が天に柱して立ち昇っていた。

「あれは日本軍の最後かも知れない。軍司令官が自決して、司令部の壕を自爆したのかも知れない」。敵が沖縄に来攻して以来九十一日、日本の運命をかけて展開された沖縄決戦も、ここに刀折れ矢尽きて終焉のときを迎えたのだ。無限の感慨をこめて、われわれはうすれゆく煙をいつまでも見守っていた。

感慨を断ち切るようにして私は生徒をうながし岩穴を捜させた。ここに一人そこに一人というふうに、岩陰を求めて蟹(かに)のように横ばいになってはいらせた。どこから出て来たのか二、三人の村人が海棚に出て食をあさっていた。それを絵のように眺めながら私も岸本君のはいっている穴にはいった。狭い穴に二人でうずくまると、夜来幾度か潮に浸って来た着衣が気持ち悪くなって、私は着衣を脱いで岩かげに干した。裸体になってさっぱりすると、強い睡気（ねむけ）がおそって来ていつの間にか深い眠りにおちていった。

何時間たったであろうか。

「先生！　敵です」

と言う声を私は夢の中できいていた。岸本君にゆり起こされてやっと現実に返った。

「西平さん！　敵らしいぞ」

「本当か？」

「たしか生徒がそう叫んだ」

「どこだ！」

「わからん」

「ようし……」

と立ち上がったのと、私の頭上――私のはいっている岩の上――に米兵が自動小銃をかまえてとび移るのと同時だった。「アッ」と小さく叫んで立ちすくんでしまった私は、敵とにらみ合ったまま、全身から血のひいていくのを感じた。

しばらくして米兵が何かききとれない英語をしゃべりながら手まねをした。着物を着よと言っているのだと悟って、米兵から目を離し岩かげに干してある上衣を引き寄せた。同じ立場の岸本君が「早まるな」とささやいたように思えた。しかしその必要もなく、二人の米兵が近寄って、われわれの着衣を次々に点検していた。

万事休す！

こう思うと涙がぐっとこみあげて来た。

「先生！　どうするのですか」

まだ穴の中にかくれている生徒の声であった。十数名の米兵が、あちこちに散開して、一つ一つの岩穴を捜索していた。

「みんな出て来なさい。こうなっては仕方がないのです」

と言いながら、私は力なく生徒のほうへ歩いて行った。

沖縄戦と西平先生

本村つる
（旧姓　佐久川）

昭和二十（一九四五）年三月二十三日の深夜、沖縄師範学校女子部百六十五名、沖縄県立第一高等女学校五十六名の生徒は十八名の先生方に引率され、寮から南風原（はえばる）にある沖縄陸軍病院に動員された。

当時西平先生は師範学校女子部の生徒主事で舎監長を兼ねておられた。

陸軍病院では本部におられ全生徒の状況を把握し、管理するという重い任務を持っておられた。

本部付きの生徒は本科二年生五名（うち二名は、五月初旬重傷）、本科一年生四名、予科一年生三名でその仕事は各壕への伝令と、各壕の生徒の状況を調べることで外まわりの仕事が主だった。従って壕内での看護活動はしなかった。大抵は先生と生徒一人が一緒に出かけたが、予科一年生の三名は、離島出身で、船便の都合で家に帰れずに寮に残った下級生だったので、先生は伝令や飯あげ等の危険な仕事は一切させなかった。

南風原では四月中旬頃から生徒の犠牲者が出るようになった。

生徒が負傷した時、亡くなった時、外がどんな状況でもすぐ出かけていらっしゃった。そして、その様子をくわしくお調べになり、その処置に心を砕かれた。特に亡くなった時には、埋葬の前に遺髪をとり、一晩中まんじりともせず暗いランプのもとで、その生徒の生いたちから家庭環境、学校での様子、そして陸軍病院での活動の様子、亡くなった時の状況等をくわしく記録しておられた。

五月二十五日、南風原での二カ月にわたる看護活動も空しく、陸軍病院は、二千名余の重傷者を壕に残し沖縄南端の喜屋武（きゃん）方面に撤退することになった。本部員は三名の学友を担架に乗せ、更にガス弾のため脳障害をおこして子供のようになっていた生徒を連れ、南部に向かった。折りからの雨の中、およそ十五キロほどある道のりを弾に追われながらの撤退は、非常に難儀を極めた。途中至近弾に遭ったり、道に迷ったりしたが無事に二十六日の昼頃目的地についた。しかし担送の応援に来た六名の防衛隊のうちの一人が負傷し、その後亡くなった。

二十七日頃には、みんな伊原に集結した。伊原には陸軍病院として用意された壕はなく、それぞれ自然洞窟を利用した。その為、波平、糸洲、伊原、山城と散らばった。私達本部員は山城の壕に落着いた。伊原には陸軍病院の患者を収容する壕はなく、病院の機能はほとんどなくなっていた。

各壕では自給のための食糧調達が主な仕事になった。私達も西平先生と毎日夕方になると食料探しに出かけた。その時間帯は空襲は止んでいたが、海からとんでくる曳光弾がうす暗い丘の上を、人間の高さ位の高度で尾を引くように「ヒューヒュー」と飛んできた。それを避けながら、畑の中に残ったさつま芋や大豆等を取ってきた。量は少しでも先生と一緒に分けあって食べることは嬉しかった。

六月十四日の夕方、山城本部壕は迫撃砲の直撃を受け、壕入口にいた十数人の人が重傷を負ったり、即死したりした。その時、連絡に来ていた宜保（ぎぼ）春子さんが即死し、安座間（あざま）晶子さんが重傷を負って翌朝亡くなった。又、広池病院長も負傷し亡くなられた。本部勤務の学徒隊は、第一外科と第三外科に分かれて移動することになった。生徒はみんな第三外科を希望したがかなえられず、ジャンケンで勝った方が第三外科にいった。負けた方の私達六名は西平先生と一緒に伊原の大田壕（大田政秀さんの個人壕で、そこには岸本先生と第一外科の生徒の一部が入っていた）に移った。

六月十七日、伊原第一外科壕入口近くに大型爆弾が落ち、ここでも多くの死傷者が出た。翌十八日、糸洲の第二外科壕が馬乗りされた。

私たちを取りまく情勢は、二・三日で最悪を極め、十八日の晩、陸軍病院は、学徒隊に解散命令を出した。

私達は、大田壕で、第一外科の生徒達と一緒に西平先生から解散命令を受けた。先生は現在の状況をくわしく説明され、今後どうしたらいいか等、いろいろ話された。私たちはおし黙ったまま、事の重大さになすすべがなかった。外は真っ暗で、弾の炸裂音と火花が壕口を明るくした。

「一人でも多く生き残って、我々女師・一高女の生徒の働きを伝えなければならない。このまま、ぐずぐずしていたら全滅してしまう。一刻も早く出なければ――。上級生は下級生を連れて、なるべく安全な場所を探して――」。

雨のように降る弾の中に出て行きなさいと言わなければならない先生のお気持は察するに余りあり、先生は見るに耐えられないほど悲痛なお顔をしていた。

本部から私達六名は、どうしていいか分らなかった。上級生である石塚さんと私は、下級生をつれてどこへ行けばいいのか。

もう死ぬ時が来たのだと私は思った。

「この壕の中で死のう」。

「先生がおっしゃったように壕を出て、なんとか行ける所まで行ってみよう」。

「途中でけがしたらどうするの、一撃で死んだらいいけどね」。

「負傷したら置いていけ。負傷した者は、その点、覚悟しなければいけない」と先生はおっしゃっていた。私達は負傷することが一番こわかった。なかなか六名の意見が決まらないうちに、次々とお友達は出ていった。私達も出ることに決めた。壕の中はほとんど空っぽになっていた。足に負傷した一高女の町田さんが残っていた。西平先生は、壕の持ち主の大田さんに町田さんのことをお願いしておられた。

「先生、私たちも一緒に連れていって下さい」とお願いして、先生の後を追った。

夏の空は明けやすく、もうすっかり明るくなっていた。そこには誰の姿も見えなかった。

「よいか、もし僕が途中で傷ついたら、かまわずに捨てていくのだよ。君たちもその覚悟はいいね。とにかく一人でもいい、生き残って我々の働きを知らせるのだ」。

空には、すでに爆撃機が飛びかい、榴散弾が花火のようにとび散り、迫撃砲がどんどん近づいて来る。あたりは硝煙が立ちこめていた。畠の中の桑の木の下に身をかくした時、至近弾で、大きな土くれを頭からかぶった。

「危い。急いであのアダン林へ走れ」。

アダン林には、沢山の人が身をひそめていた。何となくそこは安全地帯かなと思い、ほっとした時だった。

「大舛がやられた」。

みんな大舛さんのまわりに集った。止血绷帯をし、救急処置をして、なんとか大舛さんを抱きかかえようとしたが、体の大きい大舛さんの足は、のびきって少しも動かすことができなかった。

動員以来ずっと一緒だった私達は、「死ぬ時には一緒に死のうね」と誓い合っていたのに。

私たちが一番おそれていた事が起こった。

大けがをした大舛さんを連れていくこともできず、おいてきぼりするのも——。

何ともいえない罪悪感に身も心もひきちぎられる思いで、泣きながら大舛さんと別れた。

「あとで必ず迎えに来るから」と言ったが、それがとても白々しく大舛さんの顔を見るのがこわかった。

私たちは海岸におりていった。海岸近くのアダンの中には、兵隊や大人や子供や、無数の死体が折り重なっていた。

海には何隻かの軍艦が間近に迫っていた。多くの住民や兵隊がなだれのように砂浜を走っていた。飛行機が低空して、今にも撃ちそうであったが撃たなかった。「一網打尽に捕虜にするつもりかも知れない」と思った私達は、群れからはなれて絶壁の上に出た。

もときたアダン林は、もうもうと煙をあげて燃え、真っ赤な夕日が空をこがしていた。

大舛さん救出は断念せざるを得なかった。傷心をいだいたまま二・三日がすぎた。近くから遠くから撃ってくる弾で、どうしても具志頭から港川へぬけることが出来なかった。海岸をあきらめ、明日は敵中突破をしようと丘にあがり、それぞれ小さな穴を見つけてひそんだ。石塚さんと私は石ころを積みあげて身をかくした。あたりは不気味なほど静かだった。やがて陽が上り、青空の彼方から飛行機が飛んできた。下の海からエンジンの音とともに水陸用戦車がこちらに向ってやってくる。私達は見られたら大変だと小さくなれるだけ小さくなってじっとしていた。突然、後の方から声がした。沖縄の方言である。

「どうして君らは、そこにかくれているのだ。女の子だのに。僕が国頭へ連れていくから出なさい。

戦争は終ったんだよ」と言った。友軍の軍服に赤いマフラーをした不思議な日本兵が立っている。「これはデマだ、スパイだ」と私たちはしばらく動かなかった。しきりにせきたてるので立ち上がると、赤い顔をした鬼のような米兵が銃をかまえて立っていた。

先生方も上半身裸で立っておられた。

「先生、どうしますか」。

「仕方がない。今は言われるままになるしかない」

と、ぽつりとおっしゃった。抵抗したらすかさず弾をぶっとばしそうである。言われるままに海岸におりた。持ち物はすべて調べられた。そこには捕虜になった人達があちこちから集められた。

海岸ぞいに港川へ向った。水漬く屍になった日本兵や米兵が波打際に浮いていた。

死ぬチャンスを失ってしまった私達はただ黙々と彼等の後に続いた。港川に着く頃は長蛇の列になっていた。さんさん照りつけた太陽は西の空に傾きかけていた。前線から米兵を満載したトラックが何台も通っていった。港川には仮兵舎が建ち並び、道の両側には戦闘用物資やドラム缶がうず高く積まれ、その物量に私達は度肝をぬかれた。米兵がチューインガムをかみながら私達の行列を見ていた。私達は葬送のようにうつむいて歩いた。

富名腰の収容所についた時には、日がとっぷり暮れていた。たくさんの人が収容されていた。クラッカーとハムエッグの小さな缶詰が配られたが食べる気がしなかった。やがて津嘉山と名乗る二世が私たちをたずねてきた。先生に今度の戦争の意見を聞かせて欲しいと言った。先生は「今度のいくさは、日本の考え方が正しいのだ」と主張した。その二世は沖縄出身でしかもこの辺の出身だということだったから先生は気をゆるしておっしゃっているのかしらと思われるほど、八紘一宇の精神やら大東亜共栄圏やらいろいろ説明しておられた。「そうですかよく分かりました」と帰っていった。私たちはそばではらはらして聞いていた。先生は「アメリカは言論の自由な国だから」とその兵隊を教育しておられるようであった。その翌日も先生方お二人は意見交換をしたいと呼ばれた。私達は一般の人達よりずいぶんおくれて、次の収容所百名に向った。日は高くのぼり太陽がじりじりと照りつけた。MP〔アメリカ陸軍憲兵〕のジープがしきりに私たちの前後を行ったり来たりした。私たちは彼等のブラックリストにのせられたのだということだった。

百名に着くとすぐ金網に入れられた。ひろい金網の中に私たちだけぽつんと入れられたが、あとから日本兵や防衛隊が次々におくりこまれて、みるみるうちに金網はいっぱいになった。

その晩は月が冴えていた。MPが金網のまわりをたえず巡視していた。私たちは悔しさと、はずかしさで一晩中まんじりともしなかった。

翌朝MP隊長という人の取り調べがあって先生方は連れて行かれた。私たちは、負傷者が収容されている仮の病院で看護婦として働くようにいわれた。

百名には一月といなかった。戦場から集められた孤児をつれてコザの孤児院に行くことを希望した。そこには大勢の子供たちが収容されていた。

しばらくして、はからずも西平先生からお便りを頂いた。先生は「生存者をできるだけ知らせてくれ。その後の各壕の情報が分かったらくわしく知らせてくれ。家族との連絡はついたか」など私たちの身を案じて下さった。その時のお便りで私達は第三外科の最期を知った。その後も二・三度お便りを頂いた。

石川にいた真玉橋藤子さんの話によると、先生はＰＷ〔捕虜〕として作業に出かけ、石川を通った時、トラックから藤子さん宛の手紙を道に投げられたそうで、藤子さんの手許に無事に届いたということだった。

先生はご家族が疎開された後は、ずっと寮で生徒と寝食を共にしておられた。

戦時中の食糧難の時、舎監長として、三百名余りの寮生の食糧確保のため大変ご苦労なされたことと思う。

あの頃は、陣地構築作業の動員に加えて、自給自足のための食糧増産作業が忙しく、毎日毎日作業づくめであった。先生も生徒と汗だくになって働いておられた。先生は農家のご出身でいらっしゃったのかしら？

開墾・堆肥づくり、野菜作り等、農業の先生顔まけの感じだった。又、菊作り一鉢運動を提案され、一人一鉢を与えられ、土作り、苗の扱い方、菊の手入れの仕方等先生が指導なされた。私達は馬糞をさがして土作りをしたり、陽のあたり具合、水やり等一生けんめい育てた。花を育てるやさしい心を養うという先生の指導目標があられたのか、すばらしく花を育てた人にはごほうびがあった。

舎監長としての先生は、私たちにとっては厳しいお父さまのようなものであった。生徒一人ひとりの特性を見つけて、ほめたりはげましたり、心配ごとを聞いて下さったり生徒の気持をよくつかんでおられた。

とても真面目で厳格な反面とてもおやさしい所があった。私には何年たっても忘れられない先生の思い出がある。

寮では夕食時間と学習時間のあいだに自由時間があった。お部屋で習いたての〝出船〟（当時の流行歌）をみんなで歌っていた。

今宵出船かお名残惜しや
暗い波間に雪が散る
船は見えねど別れの小唄に
沖ぢゃ千鳥も泣くぞいな

毎日勇ましい軍歌ばかり歌っていたその頃、私たちはすごく感傷的になり何度も歌った。廊下を通りながら西平先生はそれをお聞きになって、

「何だ、こんな退廃的な歌を、室長来い」

と私は舎監室に呼ばれた。みんなは心配して私を送り出した。私は叱られることを覚悟して舎監室に入った。先生は、

「ここに坐れ、僕たちの若い頃の流行歌を聞かそう」と歌われた。

俺は河原の枯れすすき
同じお前も枯れすすき
どうせ二人はこの世では
花の咲かない枯れすすき

私はびっくりするやら、嬉しいやら、あんなに厳格だった先生が――意外だった。「枯れすすき」初めて聞いた歌、そしていつまでたっても忘れない歌、その歌を聞くたびに、舎監室でのあのお姿が昨日の事のように思い出される。

解散の時、私たちが「一緒に連れていって下さい」とお願いした時、快くひき受けて下さり、危険

な弾の中を絶えず動きまわって、状況判断し、安全をたしかめて下さった。

私たちがこうして生きのびたのも先生のお陰で、先生は私たちの命の恩人である。もしあの時、先生と一緒でなければ、思慮の浅い私達は、きっと持っていた手榴弾で自決していたことだろう。あの頃は、死ぬことのみを考えていた。

十一月頃、父が国頭(くにがみ)からコザの孤児院に訪ねてきた。やつれはてた父の姿を見た時、私は「生きていてよかった」とつくづく思った。

戦争で五名の子供を失った父母にとって、私が生き残ったことは、せめてもの救いであった。私には西平先生にいくら感謝しても尽せぬものがある。それなのに私は何ひとつ先生にお報いすることができなかった。

先生はあまりに早く亡くなられた。残念でたまらない。先生にお会いしたいと思っても渡航が自由でなかった。きっと先生も、もどかしさを感じられた事と思う。何度か頂いたお便りでは、「戦争中苦労したから、これから幸せになってほしい」といつも励まして下さった。


ひめゆり同窓会では「後輩の死を無にしてはならない」と、みんなの総意で、ひめゆり平和祈念資料館を建てる計画がなされ、県内外の方々の浄財を頂き、平成元年六月二十三日に、「ひめゆり平和祈念資料館」は立派に開館した。

それは、私ども生き残りの者にとって大変な喜びだった。「一人でもいい、生き残って……」と西平先生はおっしゃっておられた。奇しくも九十余名が生き残った。

私たちは今、私たちの戦争体験を語り継ぎ、永遠に世界平和を訴え続けることこそが、あたら生命を失った先生方や学友の鎮魂になると信じ、資料館で証言活動をしている。
きっと西平先生も天国で私たちを見守っていらっしゃることだろう。

平成七年五月

合掌

沖縄から帰ってからの父

松永英美

父が死んで十八年たった。大好きだったたばこくさいにおいも、大きな手のあたたかい感触も今ではもうほとんど思い出せない。しかし父は私にとって完全に過去のものとなり得ないまま今も私をとらえて離さないのである。

父が沖縄から私たちの疎開先であった奈良県に帰って来たのはたしか昭和二十一（一九四六）年の一月ころだったと思う。そのころ母方の実家に身を寄せていた私たちは、極度な食糧難のため日ごとに醜悪になる人間関係の中で、すでに〝戦いに勝つまで〟〝お父さんが帰るまで〟という呪文の効果も失せて絶望的な日々を過ごしていた。母は二言目には「お父さんはもうお帰りにならないと思うから、長女のあなたがしっかりしてくれなくては――」と言い、小学校六年生の私は女学校進学のことなど口にも出せず、弟妹の世話に追われながら母の顔色をうかがってオロオロしていた。そして毎日夕方終バスが町からやって来る時刻になると、末の妹をおぶってこっそり家を抜け出し父を迎えに行っていた。「生きていた英霊」などということもあったし、どうしても父の死が信じられなかったのである。

その日も私はバス道から大分離れた電柱の陰に立って、ぶざまに変形した膝（ひざ）小僧のかすり模様を見ながら、「沖縄は玉砕なんだ。お父さんが生きているはずはない」と自分自身に言いきかせ、停留所のほうに聞き耳を立てていた。いつもは僧らしく思う背中の妹の重みを忘れる緊張したひとときが流れた。

バスが去った気配に顔を上げるといきなり大きなリュックをかついだ、ひげ面の父の姿が飛び込んで来た。「父だ！」と思った瞬間、私は踵をかえして家に向かって駆け出した。もしあれが本当に父であれば、必ず近道を通るだろう。そうすれば表通りをまわる私より早く家につくはずだ。途中かなりの道のりを走ったのか歩いたのか全く覚えていない。門の前に立つと中から母の泣き声と懐しい父の声が聞こえた。「やっぱり父だった」と思ったとたん私は気が抜けたようになって、しばらくそこにつっ立っていた。涙が咽喉をつたい大声で叫びたいような気がした。

待ちに待った父であったのに、母をして、神様にお礼に自分の命を捧げたい、と言わせた父の帰還であったのに、沖縄から帰った父は昔のやさしい父とはすっかり変わっていた。

大きなリュックをあけていた時である。父が収容所から食べ残して持って帰ったというチョコレートやクッキーを、私たちは歓声をあげて奪い合い、それを父は目を細めて見ていたが、最後に黄色いしみのついた小さな紙包みをいくつか取り出し大切そうに父はそれをわきに置いた。私がその一つを取り上げてあけようとすると、急に父は血相をかえて「これはお前たちのものじゃない」とそれを奪い取った。そんな乱暴な父を私はその時はじめて見た。その紙包みは神棚に上げられ、それが父と行動をともにするうちに亡くなった沖縄の生徒たちの遺髪であったことを私はあとで母から聞いた。

その後、私たちは急に不機嫌になってどなりちらす父にたびたび驚かされた。私たちが「今日も芋か」とぼやけば、箸を投げて「ぜいたく言うな。戦争で死んでしまったものは、芋さえ食えんのだ」

と、たったそれだけのことで一日中口もきかぬ父。仕事を捜しに行くと出かけたきりで三日も四日も帰らなかった父に「心配しました」と言っただけで「死んだと思っておればよい」と母をつきとばした父。実は仕事捜しだと出掛けては大分・熊本にまで足をのばし、沖縄から疎開していた教え子たちの父兄をたずねて行ったり、沖縄のその後の消息などを調べに行っていたのだということを、父の死後に私たちは知った。しかし当時事情も分らぬままに私の心の中では、昔の優しさもなく、無口で陰気で沖縄の話をすれば不機嫌になる父に対する疑惑がしだいに大きく広がっていった。

「パンだ、パンだ。おいしい玄米パンだ」。妹が学芸会のダンスを母の前で復習していた。ドタドタと二階からおりて来た父が「そんなくだらん歌はやめろ。玄米パンがうまいか。うまくないだろう。うまくないならないと言え。近ごろの教師はだらしがない。子供にまで乞食(こじき)根性を……」。飢えていた私たちには、ララ〔LARA＝アジア救済連盟〕物資であろうとなんであろうとおいしかった。口答えしかけると母が目くばせをした。私は父のタブーは沖縄だけではないのかといっそう父の背負っている影について不吉な想像をめぐらせて泣いた。

「お父さんは沖縄で何かとても間違ったことをして来たんじゃないか……」

戦時中には神に近いと教えられていた人が戦犯となり、悪いことをするはずがないと信じていた兵隊の真の姿が暴露されたりするにつけ、父ももしやと怯(おび)え、学校で教科書に墨をぬらされ、つい先日までと全く違ったことを平然と教える先生の顔を見ればそれに父の顔が重なって悲しかった。

私は何が父を変えたのかを問うてみたいと思ったが、瘦(や)せて目がくぼみ、夜は遅くまでじっと腕ぐみをして机の前にすわりつづけている、ひどく疲れた父が気の毒で口に出せなかった。

父が帰って新しく二人の弟が生まれた。そのころから再び父の顔に笑いがもどって来た。当時はまだ食糧事情が悪く大方の人は新しい生命をこの世に送り出すのをためらったが、父は、「沖縄で死んだ娘たちの生まれかわりのような気がする」と大喜びしたと母が言った。気がねだった親類のもとをはなれ、山口県の学校に移ったのもそのころであった。父はしだいに昔の優しさをとりもどし、沖縄の話もぽつぽつしてくれるようになった。

生きるも死ぬもただ運としかいいようのない弾の中を歩いたこと、身体中しらみがわいて「娘たちは痩せ、しらみは肥える。だけどこいつは食えもせず、しかたないからみんな板の上に並べて処刑した」などと冗談まじりの話も出るようになった。しかしまだ私は父に対して沖縄のことを自分からはたずねようとは思わなかった。知りたいことはいっぱいあったけれど、無関心を装いつづけた。今考えてもぞっとするが、大好きな父を前に常に疑心暗鬼にかられていた私はちょうどその当時十四、五歳の思春期であった。〝父は学生たちには自決をせまりながら、自分だけ最後になって怯(ひる)んだのではないだろうか〟〝お国のためだと殴ったり蹴ったりしたのでは?〟〝生きるために人の物を奪って食べたりしたかもしれない〟。今はもう大分薄れはしたけれど、帰った当時のあの暗い影はそうしたことのためではなかったのだろうか。そうだとしたら、父を許せないと思ったり、一方では、父はそんな人ではない、責任感の強い立派な人なのだと、お守りにしていた父の手紙を取り出してはひそかに泣いたりした。

母と私たち子供の四人が父に連れられて疎開船に乗ったのは十九年の六月末であったと思う。小学校四年生だった私の組でもぽつぽつ内地から来ていた人が引き揚げはじめていたが、私は級友に別れるのがいやだったし、父は熊本に出張するだけで私たちだけが奈良県の祖父母の所に残るのだと知っていっそう疎開は気が進まなかった。荷物もほとんど置いていくのだし戦争が済めばすぐ迎えに行くと父になだめられ、私たちは数個の行李（こうり）とともに船に乗った。しかし大勢の引揚者がいて、すぐに救命具の使い方を練習したり、避難時の注意を聞かされたり船内は最初から緊張した空気につつまれていた。

一夜明けた昼前ころだったろうか。三等室の丸窓から外を眺めていると突然大きな波柱がたち小さく見えていた護衛船が消えていた。「お父さん船が沈んだ！」と叫ぶと同時に、船内には非常ベルが鳴りひびき、みんなわれがちに甲板に出ようと走った。

前後に大きな救命具をつけ狭い甲板にすわった私たちは、頭の上から他人のへどをかぶり、身動きも出来ない状態でいったん島影に避難した。そこで一夜を過ごし、翌日再び出航した。おそらくだれも無事に本土に着くとは思わなかったろう。船足は遅く、長い不安な時間を船酔いに悩まされながら耐えた。

「本土が見えたぞ！　桜島の煙だ。助かったぞ！」だれかが叫んだ。みんないっせいに立ち上がり、「本土が見えた、見えた」と泣いた。本土が見えても現在はまだどこから敵にねらわれているかもわからない。鹿児島湾内にはいるまで決して気を許してはいけないと船長がふれまわったが、船上は先刻とはうってかわって活気を取りもどし、人々は饒（じょう）舌になって早くもお国自慢すら出ていた。そんな大人たちの中で私はまだよく知らない奈良県のことよりも、沖縄の家のこと、庭のバナナのこと、学校友達のことを考えやっぱり残ればよかったと思った。

やっとたどりついた本土では、上陸した夜さっそく空襲警報にみまわれ、生まれてはじめて防空壕にはいった。その後何度か宿と防空壕の間を往復しながら、やっと奈良にたどりついたが、船の上でっていた。

自分の救命具の上に肩車をしたかっこうで弟と妹を一人ずつくくりつけていた父母は病人のようにな

沖縄に比べると格段に涼しい田舎の夏に、私はたちまち健康を回復し、従兄たちと二学期から通う学校を見に行ったりしていたが、ある朝、目がさめると父の姿がなく、母が目をまっ赤に泣きはらしていた。兵隊でないのだから子供たちがかわいければ、二度と危険な海に引きかえして行くなと、祖父母が父を引きとめていたのだそうだが、沖縄に残っている教え子たちを見捨てることは出来ないと、母にだけ別れを告げて引きかえして行ったと言って母はまた激しく泣いた。「お母さんをたすけ、兄弟仲よくして待っていなさい」と短い手紙が残っていた。

私はその手紙を大切にしまっておいた。あの船でいっしょに帰った人たちはみんな自分たちが無事に帰れたのを泣いて喜んでいたのに、あの恐ろしい海を再び渡って沖縄の学校にもどって行った勇気のある立派な父。それは戦争末期の銃後の苦しさの中でずっと私の誇りであった。その父を私は待っていたのである。しかし帰って来た父は私の待ちつづけた父とは余りにも違っていたし、そのわけを私は知るのがこわかったのである。

しかし今にして思えば、父は私のそんな気持ちに気づいていたような気がする。私が父の前で沖縄の話を避けようとすればするほど、父は私の関心をそのほうに向けようとして来た。

中学三年の時だった。ひょんなことから弁論大会に出場する羽目になった私は、いろいろ迷ったあげく、父の本の題名だけをいただいて「文化と教養」という粗末な原稿をかいた。それを父が見て、別れた沖縄の友達のことを話してみないかと、私よりも先に東京に引き揚げた友のその後の消息を教えてくれた。

沖縄警察署長だった友の父は戦死し、病気がちのお母さんと兄さんの三人で暮らしているということだった。私は懐かしさでいっぱいだったが、父を亡くしたその友に何か悪いような気がして、とても人前でその仲の良かった友のことを話す気にもなれず、また文通をすすめた父の言葉にも当分従わなかった。

沖縄の記録をまとめるから手伝えと言い出したのもこのころだったと思う。父は帰った直後から何かしきりに書いていたが、それは文部省への報告書だったとかで、学校のこと、学生のことなど詳しく整理して記録しておきたいから私に清書しろという。乗り気にならない私に「アルバイト料を出そう。本が買えるぞ」と強引だった。毎日学校から帰って、黄色いわら半紙に書かれた父の原稿を白い原稿用紙に写していった。それは一年余りかかっただろうか。その作業の中で私は自分自身が沖縄から生涯逃げられそうにないことを気づかされたのである。あるいは父は初めからそれを知っていたのかも知れない。

父の文中には私も少しは知っている人たちが出て来る。そのたびに私はあれこれ質問した。「岸本ヒサさんは最後にお兄さんの岸本先生に会えるの？」「そこの所はもっと終りのほうだ。この岸本先生は最後までお父さんといっしょだった」。「捕虜になるまで？」「おまえ、対馬丸（本土への学童疎開船。昭和十九年八月二十二日二十二時二十三分沈没）を知っているか。岸本ヒサの弟妹もお母さんもあの船に乗っていて亡くなった。お父さんは岸本ヒサにはどうしても生き残ってほしいと思っていた。その船にはおまえの同級生もいただろうな」。私ははっとした。その時まで私はあまり沖縄に残った友達のことを考えてみなかった。最後は学童も手榴弾を持って敵前に突っ込んだというのに、私はたまたま本土の人間だから帰るべき所があり死なずにすんだ。運よく生き残っただけでなく、父も帰って来た。そしてもう再び戦争で死ぬという不安もなく暮らしている……。私は申しわけないような気がした。父も多分そんな気持ちだろうと思った。「いつか墓参りに行かんといけないね」。しばらくして父が言った。「少なくとも父さんとおまえは行かんといかん」。その顔にはまたあの陰気な影があった。そして「生き残りたいと思って生き残ったわけじゃない」とぽつんと言った。

沖縄の収容所でいっしょだったという人が父をたずねて来たことがある。兵隊だったというその人と父は遅くまで酒をのんで沖縄の話をしていたが、私は良い機嫌になったその人から、父が収容所で自分はシビリアンだから軍に協力する義務はない人間だと言いはり、通訳など米軍への協力を一切こばんだこと、そのために随分ひどい待遇をうけ、日射病で死にかけたこと、そんな父を兵隊たちみんなでかばったことなどをはじめて聞いた。

「艦砲にあたってたくさんの娘を死なせたのに、生き残った自分が早く帰国したいとはどうしても考えられなかった。帰ってからもよく死んだ学生の夢を見る」と父も話していた。私は父がとても気の毒で、父の影の正体はこれなのだなと感じた。私が大学にはいったのは父の死の前年であった。ちょうどその年に父も母校の京都大学に留学することになり、別れの一夜私と父ははじめて長い話をした。私が本代を値上げしてほしいと言うと父は、おまえの最近の読書傾向は小説にかたより過ぎだ、もっと広く読め、父の本でもそろそろ読めるのがあるはずだ、と言った。私が、お父さんの本棚は、最近歴史の本がふえ、以前とはずいぶん違うね、と言えば、正しい判断力を養うためにはいろいろな角度から物を見ることだ、勉強したくても出来ずに死んでいった人たちの分もしっかり勉強しろ、と五百円くれた。

その時私は、今度父が帰って来た時には、沖縄で父が感じたことを必ず聞いてみようと思った。しかし年の暮れに帰って来た父は顔が青白くむくみ、ひどく疲れていた。「勉強のしすぎだ」と笑っていたが、沖縄で心臓を悪くしていた上に、帰ってからの無理がたたって、京都で倒れたらしいと母が言った。

その年が明けてまもなく、父は外出先からの帰宅の途中で倒れ、海に近い溝に落ちて、そのまま潮に流されて行った。母と二人でかけつけた時、袖口のすり切れたオーバーのポケットに手をつっ込み、眉間にしわを寄せて父は冬の海に浮いていた。母の号泣を聞きながら私は、父がとうとう〝娘たち〟の所に行ってしまった、父はきっとこのまま沖縄の海まで流れて行きたかったのだろう、と思った。昭和二十九年一月四日未明であった。

私の手元に一通の古ぼけた手紙がある。沖縄で父と最後までいっしょだった岸本幸安教授にあてた二十五年ころの父の手紙である。

「今本土では講和問題がしきりと伝えられています。私の最も関心事は沖縄の事ですが或いは沖縄を含む琉球全部が日本に返還になる様な記事も見えます。(五月二十二日、毎日新聞)もとの様に自由に往来が出来る日が来る日も遠くはないと信じて居ります。

(中略)

夢の様な事でした。伊原の松原に多数散って行った生徒達の事はいくら思い出してもつきません。私が一度それらの墓前を訪れる日のある事を信じています。一高女の生徒でありましたが、照屋や町田の事等も忘れられません。将に悲劇であり、その悲劇の主役が又我々であったのですから、何と言っても之に対する心的な傷手はぬぐい去る事は出来ません。生存の生徒の事も気にかかります。

（中略）あの時のことを忘れて丈夫に成人して居る事と思いますが会ってみたい気持で一杯です。

（後略）」。

この手紙を私は昨年沖縄をおとずれた時に返していただいた。そこには父が生きているような気がした。

父はとうとう戦後一度も沖縄の土を踏めずに死んだ。父にとって沖縄から帰った後の人生はなんだったのだろう。その八年間は経済的な苦労の上に心の重荷を負ってそれにただ耐えるだけのものだったのだろうか。戦争のこと、沖縄の戦後のこと、日本の政府のこと、私が父にたずねたいと思っていたことは何ひとつ話さずに、戦争で傷ついた体はボロッとくちてしまった。

そしてあれから十八年が過ぎた。その間私の中で沖縄は複雑な島であった。ぜひたずねたいと思う一方、その当時教師として倫理道徳を講じ、忠君愛国を説き、国のために死ぬことを教えたであろう父を思うとき恐ろしく、また私自身もあの引揚船の上から〝本土が見えた〟と泣いた人々と同じく、その後の沖縄の苦しみを他人事として生きてきたと思うとき心苦しく、沖縄は遠かった。

そしてやっと私が己れにむち打って、私自身のためにも一度は結着をつけたいと決心したのは父の死後十五年もたってからであった。沖縄の海は青くすみ、父たちが歩いた死の海岸線には白い波が美しかった。ひめゆりの乙女たちも父の死んだ年齢を過ぎ、私さえもが父が沖縄に赴任した年を過ぎていた。父に罪あれば許しを乞いたいと思っていた人々はみな優しく、そしてたくましく生きていた。

復帰運動のデモの隊列の中にも、離島の教壇にも。

「あの時のことを思えばこわいものは一つもありません」

「死んだ友だちにすまない、すまないと思いながら、ただ一生懸命に生きています」

私は父に生きていて欲しかったとしみじみ思った。

今私は広島に住んでいる。沖縄と同じく多くの人が悶死したこの土地は、私にふさわしい場所のようだ。ここにいて私は、沖縄のすべてを見失うまいともがきつづけたいと思う。

取材される側の思い　沖縄からの年賀状の添え書きに「またひめゆりの塔の映画が企画されロケが行われています。いやなことです」とあった。賀状の主は、私の亡父の教え子で「ひめゆり学徒隊」の一員として沖縄戦を生きた一人である。

映画「ひめゆりの塔」は、昭和二十八年にも製作され評判になったが、これを見た父は「あんなもんじゃない。おれたちは生き残りたいと思って生き残ったわけではない」とひどく不機嫌であったと記憶している。いくらよく出来た映画であっても、地獄を生きた当事者にとっては、味付けのためのフィクション部分が耐えられないということなのであろう。

昨夏は、沖縄の祖国復帰十年を前に「ひめゆり部隊」引率者の娘である私にも各社から取材の申し込みがあった。いつもは取材する側の人間が逆の立場に立つのは何となく気の重いもので、口実を設けて逃げようとしたが、生還後の父の思い出でよいと相手も強引である。同業者を手こずらすのも気の毒で、いくつかを承諾した。

その後、「先生が疎開希望に応じなかったから犠牲者が多くなったという人たちがいます。あなたの所にも取材に行くといってましたが、いまは断られた方がよいのでは……」と沖縄から優しい電話をもらったが、私はムチ打たれるのを覚悟でその日を待った。

「倫理の教師として国のために死ねと教えた先生を、あなたはどう思いますか」

「私も当時国民学校でそう教わりました」

「先生は沖縄についてどんなことを話されましたか」

「あんな目に遭わせた沖縄を積み残して、本土だけが独立するのは許されない。申し訳ないと言い続けて二十九年に亡くなりましたので念願の墓参も果たせませんでした」

「遺族の方々に何か言いたいことがありますか」

「私が今も微力ながらヒロシマにかかわり続けているということでおわかり頂けたらと思います」

「復帰十年を迎える沖縄に何か一言……」

「私の中で沖縄戦はまだ終わっておりませんので……」

こんなこと本当の戦争責任者に聞いてほしいと思いながら、私にとって大切な亡父のこと、幸せな少女時代の思い出の島のこと、ともども懐かしさをこめて語るを許されぬ悲しみと、怒りに耐えて、じっとカメラを見据えていた。

私も仕事とはいえ、ヒロシマの証人たちに幾度かも同じ思いをさせて来たのであろう。

（松永英美）

※初出　昭和五十七（一九八二）年九月十九日付中国新聞（当時中国放送ラジオ制作副部長）

付録

貴重な秘録還える――琉球新報（昭和二十九年一月三十日）

沖縄戦闘下ニ於ケル沖縄師範学校状況報告（昭和二十一年一月二十日）

――沖縄師範学校教授　西平英夫

同教諭　秦四津生

戦没学徒援護に朗報　貴重な秘録還える

——南連と社会局援護課のタイアップで沖縄決戦で散華した軍人軍属の遺族にまる八年ぶりに日本政府の温い援護の手がさしのべられ全住民の感謝の的になっているが、映画「ひめゆりの塔」「沖縄健児隊」などで世界にクローズアップされた沖縄学徒出陣をどう扱うかについてさきに来島した田辺援護局次長も「軍人並に慰霊、弔慰の方法を考えるべきだ」と当時の現状に同情したものの、これを立証する資料に乏しく援護問題も困難なコースが予想されていた折、二十八日本社親泊社長が沖縄財団九州支所に保管していた終戦直後の貴重な現地秘録「沖縄戦闘下における沖縄師範学校状況報告書」が空便で取り寄せられ、直ちに南連に提出、出陣学徒の兵籍における身分階級など法的立証に大きな朗報をもたらした。

この貴重な現地記録は沖縄決戦当時沖縄師範男子部の「鉄血勤皇隊」とともに出陣した同校教諭本部付自活班長秦四津生氏、女子学徒隊（後のひめゆり隊）隊長沖縄女子師範教授、生徒主事西平英夫両氏が陣中日誌をもとに作成したもので、終戦直後の昭和二十一年一月二十日付文部省に提出した記録だ。……ところが終戦直後の文部省は敗戦下の圧力に脅え関係省に提出出来なかったという程の生々しいもの。その後この報告は転々として熊本県民政部の書棚に下積みされていたのを在福当時の親泊本社々長が散逸を恐れ、特に保管の了解をえて今日までまる八年間大事に保管していたが今城南連所長、斉藤事務官らの熱意に動かされて空便で取り寄せ二十九日晴れて南連で陽の日をみた貴重な記録である。報告書は美濃二十八行罫紙二十九枚からなり、学徒隊長をはじめ鉄血勤皇師範隊本科三年上等兵外五十九名の戦死の日時、場所を確認し女子部隊波平貞子三十八名も同様に戦死の状況や入隊式の悲しそうな光景などが目をおわしめるほど詳細に記されており今後の調査のキーポイントともみられ注目される。

はっきりした学徒の身分

斉藤事務官談＝学徒隊も救いあげ援護法による弔慰金や年金の恩典に浴せしめる方針で今日まで調査を進め学徒隊の遺族も親しく訪問し、当時の情況を調べたが戦中戦後の混迷にはばまれ適確な資料がつかめないものもあり困惑していた矢先、生還脱出した西平教授奏教諭の報告書は学徒隊出陣の軍命並びに動員後の兵隊としての身分階級がはっきりしたことはまことに心強く貴重な資料として充分検討し遺族を物心両面から救いあげるよう上司とともに努力したいと思う。

軍人並の恩典は確実

この報告書は西平先生が終戦当時、屋嘉収容所で書きあげたものと思う。陣中日記をしるしていたものと思われ、各学徒の生死について相当詳しく、日時までハッキリしている。この有力な資料によって散華した学徒隊員も軍人並みの恩典に浴することは確実であり、戦争中殉国の学徒隊をあずかってきたわれわれ教師の立場から洵に喜ばしい。責任感の強かった西平教授はその後逝去されたとの噂もあり目下、真否を調査している、何れ金城和信氏にも連絡をとって南連の助力を仰ぐことにしたい。

昭和二十九年一月三十日　琉球新報

琉球新報　　第1716号

（第3種郵便物認可）

戦没学徒援護に朗報
貴重な秘録還える
南連の熱意でヤッと陽の目

南冥と共に血の戦場のタイフーンで沖縄決戦で散華した軍人軍属の悲惨にまさる八年ぶりに日本政府の温い援護の手がさしのべられ全住民の感謝の的になっているが、特に「ひめゆりの塔」「沖縄健児隊」などで世界にクローズアップされた沖縄学徒出陣をどう扱うかについてさきに来島した田辺援護局次長も「軍人並に処遇、南方の方法を考えるべきだ」と当時の実状に同情したものの、これを立証する資料に乏しく援護問題も困難なコースが予想されていた折、二十八日本社親泊社長が沖縄師範田九州支所に保管していた沖縄戦当時の貴重な記録誌「沖縄戦下における沖縄師範学校沖縄記録書」が発見で提供させられ、直ちに南連に提出、出陣学徒の兵籍における身分階級など法的立証に大きな明るさをもたらした。

軍人並の恩典
学徒の身分　はっきりした

大小12隻一流の…
完成の那覇ミナト

発展はしても　港の流出口では

子供を守る遊戯場
民官の発意で今は楽園

岸壁諸施設　計画案決る

国際婦人会　一日に集会

戦没学徒援護に朗報　貴重な秘録還える

沖縄戦闘下ニ於ケル沖縄師範学校状況報告（昭和二十一年一月二十日）

沖縄師範学校教授　西平英夫
沖縄師範学校教諭　秦四津生

目次

(二) 西岡部長ノ活動状況
(三) 沖縄陸軍病院（南風原）ニ於ケル活動状況其ノ一
(四) 沖縄陸軍病院（南風原）ニ於ケル活動状況其ノ二
(五) 転進並山城地区ニ於ケル活動状況
(六) 脱出ノ状況
(七) 所在部隊ニ協力セル者ノ活動

四、沖縄師範学校ノ現況並職員生徒生死調
(一) 沖縄師範学校ノ現況
(二) 男子部職員生徒生死調
(三) 女子部職員生徒生死調

五、戦後沖縄ニ於ケル教育状況

（以下、目次三の全部、四の一部、五の全部を収録）

三、戦闘期間中ニ於ケル女子部活動状況

(一) 敵上陸直前ノ体制

一月二十二日ノ空襲ニ依リ女子部校舎ノ六分ノ一寄宿舎ノ三分ノ一ヲ失ヒタルモ約一週間ニシテ之ガ後片付ヲ大略終リタルヲ以テ再ビ或ハ重砲隊ニ或ハ高射砲隊ニ従前ノ如ク全力ヲ挙ゲテ築城工事ノ協力ヲ開始セリ　然ルニ戦局ハ必ズシモ我ニ有利ナラズ　三月下旬若シクハ四月上旬敵ノ鋭鋒沖縄本島ヲ志向スルノ形勢日ニ強ク成リタルヲ以テ第三十二軍司令部ヨリ県下女子学徒ニ対シ軍自護要員トシテノ動員要請アリ　女子部モ亦県立第一高等女学校ト併セテ二百名沖縄陸軍病院（球一八八〇三部隊）ニ動員予定セラレ　三月一日ヨリ本校或ハ陸軍病院ニ於テ軍ニ依リ看護教育実施サル　一方余力ヲ以テ尚築城工事ニ協力スル外自活隊ハ困難ナル食糧事情ニ対処スル為六千坪ノ農場経営ニ挺身セリ　此間三月一、二日予科入学試験実施　三月十五日卒業進級成績会議開催　夫々疎開ニ依リ混乱セル生徒ノ処分ヲナスト共ニ卒業生及進級生ノ決定ヲナセリ尚三月二十六日ヲ卒業式ト決定　着々ソノ準備ヲナシツツアリシモ敵ノ進攻意外ニ早ク三月二十三日未明遂ニ其ノ大機動部隊ハ沖縄本島ニ対スル攻撃ヲ開始セリ

(二) 西岡部長ノ活動

敵来寇スルヤ西岡部長ハ陸軍嘱託（高等官三等待遇）ニ任ゼラレ第三十二軍参謀部勤務ヲ命ゼラレシヲ以テ三月二十五日職員生徒ト袂別シ首里ニ於ケル軍司令部ニ移レリ其ノ後五月十日首里戦

線切迫スルニ及ビ生死ヲ生徒ト共ニセント陸軍病院ニ来リ会シ女子部並ニ第一高等女学校学徒隊ト共ニ健闘戦場ヲ馳駆シテ視察激励シッツアリシモ偶々糸数分室ニ在リシ時情勢切迫五月二十五日摩文仁ヘ転進決行爾来陸軍病院ニ在リテ最後マデ健闘セリ　然ルニ六月十九日ニ至リ敵戦車三百米近クニ来攻セルヲ以テ遂ニ涙ヲ呑ンデ学徒隊解散ヲ命ゼラルルト共に若干ノ生徒ト共ニ国頭ヘ突破ヲ目指シテ脱出セシモナラズ摩文仁海岸ノ洞窟ニ在リテ皇軍再挙ノ時ヲ待チシモ八月十五日終戦ノ大詔ヲ拝スルニ及ビ同月下旬壕ヨリ出デ後間モナク米軍ノ手ニ収容セラレタリ

(三)　沖縄陸軍病院（南風原）ニ於ケル活動状況其ノ一

三月二十四日ニ至リ敵ノ上陸企図愈々明白ニナリタルヲ以テ女子部ハ当時寄宿舎ニ在リシ全員ヲ以テ同日二十時ヨリ一切ノ動員用意ト学校閉鎖ノ用意ヲナシ翌二十五日一時月明下女子部長ノ訓辞ヲ受ケ命令ニ依リ南風原ニ在ル沖縄陸軍病院ニ堂々進発セリ　翌二十六日引率教官ニ対シ軍司令部ヨリ「陸軍臨時嘱託ニ任ズ（無級高等官扱）沖縄陸軍病院勤務ヲ命ズ」ノ発令アリ　一方父兄ト共ニ在リシ生徒モ亦続々来リ会シ此処ニ動員完了セリ　動員セル職員七名　生徒専攻科一名本科二年三十九名　本科一年四十八名、予科三年三十一名　二年二十七名　一年三名　計百四十九名ナリ（備考本科二年ハヤガテ卒業スベキニ就キ残余ハ家庭ニ待機セシメタリ　予科一年ハ看護教育・未了当時家庭ニアリタリ）当時陸軍病院ハ南風原国民学校々舎及三角病棟ヲ使用シアリシモ三月二十三日以来ノ空撃ニ依リ既ニソノ一部ヲ焼失而モ盤砲サヘ時折落下スルニ拘ラズ未ダ所属ノ壕ハ一本モ完成セズ何レモ盲貫ナル上内部施設全ク未着手ナリキ従ツテ生徒ハ之ヲ本部看護隊　作業隊ニ分チテ直ニ活動ヲ開始セリ時ノ編成次ノ如シ

沖縄師範学校女子部学徒隊編成

学徒隊長　教授兼生徒主事　陸軍臨時嘱託　西平英夫
本部指揮班長　〃　〃　〃
　生徒本科二年　佐久川つる外五名
炊事班長　教諭　陸軍臨時嘱託　岸本幸安
　生徒本科二年　島袋トミ外十一名
看護隊長　教授　陸軍臨時嘱託　仲宗根政善
　第一班長　教授　〃　〃
　生徒本科一年　山里美代子外十九名
　第二班長　教諭　〃　玉代勢秀文
　生徒予科三年　古波蔵満子外十九名
作業隊長　教授　〃　与那嶺松助
　兼第一班長　生徒専攻科　波平貞子名三十名
　第二班長　教諭　〃　大城知善
　生徒本科二年　仲田ヨシ外二十九名
　第三班長　助教授　〃　内田文彦
　生徒本科二年　新垣キヨ名二十九名

指揮班ハ連日病院本部へ連絡員トシテ出頭スルノ外弾雨ヲクグリテ生徒ニ対スル命令及情報ノ伝達ヲナセリ　炊事班ハ之ヲ二組ニ分ケ交代制ニテ全生徒ニ対スル炊事ヲ敢行セリ炊事ハ毎日薄

暮ヨリ未明ニ及ビ艦砲ノ中ニ在リテ強行セラレタルモ四月十日遂ニ爆撃ニ依リ炊事場ハ破壊セラレ半洞窟ノ炊事場ヲ急設シテ之ニ替ヘ四月二十五日編成替アルマデ能ク其ノ任務ヲ遂行シ看護ヤ作業ニ疲労セル生徒ヨリ感謝セラレタリ時ニハ艦砲雨飛ノ中ニ夜間野菜の採集ニ出デ時ニハ鍋ヲカムリテ竈ニ伏シ其ノ辛苦言語ニ絶ス　看護隊ハ最モ繁忙ナル第一外科　第二外科ニ配当セラレシヲ時ニハ寝ル暇ナキ程ナリキ　作業隊ハ十字ヲ振リテ懸命ノ掘進作業ヲナスト共ニ薄暮キ壕内ヲ縫ヒテ終日土ノ運搬ヲナス等一日五十糎ニ満タザル無限ノ戦土ヘノ戦ヲ女ナガラモ歯ヲ喰ヒシバリテ継続セリ非番時ト雖モ時ニハ出動シテ弾ニ追ハレ土ニ伏シテ衛生材料及ビ糧秣原資材ノ運搬ニ協力セリ　此ノ間三月三十日ニ至リ学校長ヨリ急使アリ「卒業式ヲ挙行ス」ト　即二十二時三角兵舎ヲ式場ニ当テ蠟燭ノ明ノ下　球経理部長　陸軍病院長ノ臨席ヲ得テ沖縄師範学校女子部並沖縄県立第一高等女学校ノ卒業式挙行セラル舎外ニ艦砲炸裂ノ轟音高ク閃々タル砲火暗闇ヲ破ル中ニ在リテ帝国ノ歴史始ツテ以来曾テ無ク又今後ノ歴史ニモ有リ得ベシト思ハレザル交戦間ノ卒戦間ノ卒業式ハ約三十分ニシテ終了シタレドモ学徒現下ノ使命ト教育立国ノ大義ヲ説ク野田校長ノ訓辞、女性ノ本来ノ使命ヲ説キ現下ノ活動ノ意義ヲ説ク　西岡一高女校長ノ訓辞ハ切々トシテ耳ヲ打ツモノアリ、而シテ式場ニ当テタル三角兵舎ハ翌三十一日爆破炎上シテ跡形ヲ止メズ

(四)　沖縄陸軍病院（南風原）ニ於ケル活動状況其ノ二

四月二十日以来首里前面陣地防衛ノ激戦展開セラルルニ及ビ後送サルル傷兵日ヲ追ヒテ増加スルト共ニ後方地区ニ対スル砲爆撃モ亦一層熾烈トナリタルヲ以テ四月二十五日未明全生徒隊ノ編成替ヲ断行シ病院ノ組織ト一体トナリテ傷兵ノ看護ニ全力ヲ挙ゲルコトトナセリ　即チ当時ノ編成

次ノ如シ

本部付　西平教官　本二　佐久川つる外十二名
第一外科付　仲宗根、岸本教官　本二　新垣キヨ外六十四名
第二外科付　与那嶺、内田教官　本二　兼元トヨ外四十名
第三外科付　玉代勢教官　本二　宮城藤子外十五名
糸数分室付　大城教官　本二　知念芳外十四名

(イ)　病院付近ノ一般状況

熾烈ナル空襲ハ終日病院地区ノ空ヲ掩ヒ那覇方面与那原方面ヨリスル艦砲ハ病院ノ各山ヲ狙ツテ止マズ四月二十一日第一外科八号洞窟戦艦ノ主砲三発ヲ喰ツテ崩壊セルヲ始トシ全山蜂ノ巣ノ如ク撃チ抜カレ被弾ナキ洞窟一本モ無キニ至ル女子部生徒モ又四月二十八日第一回ノ犠牲ヲ出シタルヲ始トシ五月二十四日マデニ戦死五名戦傷六名ヲ数フルニ至ル

(ロ)　本部ノ活動

病院本部内ニアリテ庶務科経理科衛生材料科ニ協力シ或ハ電話不寝番ヲ或ハ経理事務ヲ或ハ調剤ヲ行フノ外別ニ指揮班ヲ構成シテ学徒ニ関スル命令情報ヲ伝達シテ全学徒ノ士気ヲ鼓舞シ或ハ生徒死傷スルヤ直チニ現場ニ急行シテ検屍埋葬手当等ノ設置遺憾ナキヲ期シテ生徒ヲ安ンジ或ハ学徒ニ関スル記録ノ作製ヲ行フ等能ク其ノ本分ヲ遂行セリ本部ノ損害重傷生徒二名

(ハ)　第一外科及第二外科付手術班ノ活動

第一線ノ重傷兵ハ夜間後送サレ来リ病院ノ壕内手術場ニ於テ翌未明マデニ処理セラルルヲ以テ手術班ノ活動ハ連日終夜ニ及ビ或ハ手術手伝或ハ壕ノ案内或ハ汚物処理等ニ挺身セリ本科一年

儀保登美外五名ニ過ギザリシガ手足切断腹部切開等ノ大手術ニ連日間違ナク手伝ヒタル手腕ト度胸ハ等シク軍医並ニ将校ノ賞讃スル所或ハ弾雨炸烈スル病院ノ全山ヲ先頭ニ立チテ兵隊ヲ叱咤案内セル士気ノ激烈サハ戦場ヲ馳駆スル勇士スラ驚歎スル所ナリキ

(ニ) 各科治療班ノ活動

各科夫々数本乃至十数本ノ壕ヲ有セシモ之等ノ壕ハ殆ンド内部交通壕ヲ欠キタルヲ以テ治療班ノ活動ハ連日連夜行ハレタルモ尚二日三日ニ一回終ルニ過ギズ傷ニ痛ミ生キ乍ラ蛆湧ク傷兵ニ取リテハ繃帯ト薬品ヲ抱キテ砲煙ノ中ヨリ入リ来ル治療班ノ巡回ヲ如何ニ待チシ事カ此処ニ於テモ誠実ナル我ガ学徒ハ優シキ天使トシテ感謝セラレタリ

(ホ) 各科付看護班ノ活動

手術班治療班ノ如ク華ナラザレド看護班ノ活動コソ真ニ皇国ノ為ニ傷付キタル勇士ト共ニ苦シミ共ニ悦ビ或ハ母トナリ或ハ姉トナリテ戦争ノ悲痛ト戦ヒ抜キタルモノト言フベシ　傷ニ痛ム将兵ト共ニ痛ミテ夜ヲ徹シ水ヲ求メ食ヲ求メテ狂フ傷兵ヲ或ハ宥メ或ハ叱リテ母ノ如ク次第ニ悪化スル傷ヲ眺メテ姉ノ如ク労リ励マシ誠心誠意尽シテ看護スルト共ニ一方砲弾ノ雨ト飛ビ来ル中ニ泥濘ト暗黒ト戦モ乍ラ命ノ水ヲ汲ミ食糧ヲ運ビ更ニ勇士ノ遺骨ヲ担ヒ穴ヲ掘ツテ埋葬シテハ可憐ノ野花ヲ手向ケル等不眠不休ノ活動ハ壕内ノアチコチカラ呼ブ「学生サン」ノ響ノ中ニ報ヒラレテヰル　本科二年ヨリ予科二年ニ至ルマデ誰一人トシテ弱音ヲ吐ク者モ無ク徹頭徹尾戦ヒ抜キタル姿コソ真ニ日本女性ノ亀鑑ト云フ可シ　将兵ト共ニ散リ折重リテ斃レシ学徒五名　傷者五名

(五) 転進並山城地区ニ於ケル活動

戦雲愈々急ニシテ首里方面ヨリ参加シ来リシ者八名　照屋教授　東風平助教授亦来リ会シ西岡部長五月十日ニ来会セシヨリ五月二十日文部大臣ノ激励電報受ケシ頃迫リ来ル無形ノ殺気ト有形ノ圧迫ハ五月二十四日与那原ヲ破リテ敵ノ戦車南風原ニ侵入スルニ及ビ遂ニ本島最南端喜屋武　摩文仁ノ中間山域地区ニ転進ノ止ムナキニ至ラシメタリ　即チ二十五日薄暮ヲ待チテ戦車砲ノ間ヲクグリテ脱出セル傷兵学徒連日降リ注ギタル雨ノ為膝迄没スル泥濘ト戦ヒ雨ト飛ビ来ル砲弾ヲククグリテコノ大転進ハ開始セラレタリ　或ハ衛生材料ヲ山ト負ヒ糧秣ヲ担ヒ乍ラ尚モ傷兵ノ手ヲ引キ或ハ重傷ノ学友ヲ力弱キ肩ニ担ヒテ行軍終夜何処迄続ク泥濘ゾ　何処迄続ク艦砲ゾ　然シ唯一名ノ損害ヲ出シタルノミニテ二十七日山城地区ニ集レリ　山城陸軍病院ガ新ニ二千名ヲ収容スル病院ヲ開設スベク命ヲ受ケタル山城、ソレハ東西ニ海ヲ臨ミ南北ヲ山ニ峡マレタル方一粁ノ狭少ナル地点ナリ　其ノ上四方ヨリ来リシ一般民ト各種部隊ノ為既ニ壕ナク糧秣ナク従ツテ病院ハ細々ト治療ヲ続ケナガラ或ハ壕ノ捜索糧秣ノ搬入等必死ノ搬入ヲナセリ　漸クニシテ山城　伊原糸洲ニ天然洞窟ヲ求メ其ノ内部ヲ施設シタルモ六月十日敵ノ進撃愈々急ニシテ艦砲ト爆撃ハ昼夜ヲ分タズ　十三日病院長先ヅ傷付キ各洞窟次々ト敵ノ艦砲ニ破ラレテ生徒モ亦六名ヲ失ヒ五名傷ツクニ至ル六月十八日十五時第二外科ノ在ル糸洲ニ敵戦車来攻スルニ及ビ病院長代理佐藤少佐万魁ノ涙ヲ呑ンデ職員ノ嘱託ヲ解キ動員学徒解散、爾今行動自由タルベシト宣セラル

(六) 脱出ノ状況

此ノ報一度各壕ニ達セラルルヤ各職員夫々事態ノ急ナルヲ告ゲ万般ノ注意ト指導ヲ興ヘ今ヤ我々

学徒ハ切迫セル第一線ヲ突破国頭地方へ脱出シ皇国軍再挙ニ呼応スベキ決意ヲ宣明シ十九日午前一時頃ヨリ五、六名宛班ヲ形成シ遂次折カラノ月明ヲ利シテ脱出ノ第一歩ヲ踏ミ出セリ　サレド破竹ノ勢ヲ以テ進撃セル敵ハ既ニ摩文仁　喜屋武地区ヲ占領シテ鉄桶ノ布陣ヲ固メ十九日二十日二十一日其ノ包囲圏ヲ縮少シテ来ル為ニ或ハ山城台上ニ於テ艦砲ニ粉ト散リ或ハ小渡ノ砂浜ニサイパン玉砕ニ思ヒヲ馳セテ自決スル等護国ノ花ト散リシ者少カラズ生存確認ノ出来タル者生徒六十三名ニ過ギズ

(七)　所在部隊ニ協力セル者

本科二年ノ通学者及ビ各学年通学者及ビ予科一年生ノ如ク三月二十三日家ニ在リシ者モ其ノ後判明スル所ニヨレバ多クハ其ノ地方所在部隊ニ協力シ或ハ仮繃帯所ニ或ハ弾薬ノ運搬ニ或ハ傷兵ノ収容ニ夫々敵ノ戦車出現スル中ニ砲爆撃機銃撃ヲ干シテ闘ヘリ中ニモ宜野湾地区ニ於テ本科二年知花菊等男装敵陣ニ突入セル者或ハ普天間戦線ヨリ摩文仁戦線マデ姉妹三人能ク転戦セル等数々アレド其ノ詳細判明セズ従ツテ之等在地方生徒中ヨリ今日迄判明セル戦死者六名ニ達スル状況ナリ

(3) 生徒動員先別生死一覧表
（目次四の(三)の一部）

動員別	卒年別	生存者	戦死者	消息不明	計
陸軍病院ノ部	専攻科	—	1	—	1
	本科二年	23	10	10	43
	本科一年	17	13	20	50
	予科三年	11	5	16	32
	予科二年	9	5	13	27
	予科一年	3	—	1	4
	小　計	63	34	60	157
所在部隊ニ協力又ハ自宅ニアリシ者	専攻科	3	—	7	10
	本科二年	11	5	14	30
	本科一年	6	—	11	17
	予科三年	—	—	7	7
	予科二年	—	—	11	11
	予科一年	3	—	31	34
	小　計	23	5	81	109
他県疎開者	専攻科	3	—	—	3
	本科二年	17	—	—	17
	本科一年	23	—	—	23
	予科三年	1	—	—	1
	予科二年	3	—	—	3
	予科一年	2	—	—	2
	小　計	49	—	—	49
計	総　計	135	—	—	315

備考
▲学年ハ凡テ三月二十五日動員当時ノ学年ヲ呼称セリ
▲消息不明ノ中ニハ若干姓名不詳ヲモ含ム
▲陸軍病院ニ動員セル消息不明中ニハ十名ノ戦死ノ疑多キ者及壮烈ナル自決ヲ遂ゲタルモ姓名不詳ナル者十六名ヲ含ム従ツテ戦死ハ六十名ヲ突破スル見込ナリ
▲所在部隊ニ協力セル者ノ消息不明中ニハ調査未了ノ者多数ヲ含ムヲ以テ生存者比較的多キ見込ナリ
▲本調査ハ何レモ記録焼失シタル後再ビ記憶ニヨリテ作製シタルモノナルヲ以テ必ズシモ誤差ナシトセズ
※〔記録執筆当時の数字。一九九五年現在の状況を一八四頁に付した。（編集部）〕

五、戦後沖縄ニ於ケル教育状況

決戦ニ依ル沖縄ノ荒廃ノ状況ハ実ニ想像以上ニシテ悲惨ヲ極メタリ　即チ第三十二軍ト共ニ皇土防衛ノ為全力ヲ挙ゲタル県民ノ犠牲ハ凡ソ其ノ五分ノ一（約七万）ニ達シ軍ニ召集セラレタル男子軍ト行動セル学徒ノ護国ノ花ト散リタルハ言フニ及バズ軍ヲ信ジ軍ト共ニ或ハ弾薬ノ運搬ニ或ハ糧秣ノ運搬ニ或ハ傷兵ノ看護ニ後方ニアリテ活動セル義勇隊ノ損傷数ヲ知ラズ　戦禍ノ中ニ避難セル老人子供スラ或ハ爆弾ニ散リ或ハ艦砲ニ斃レ或ハ飢ニ或ハ病ニ死ス為ニ一家全滅一家離散親子兄弟其ノ生死ヲ別ニスル等人生ノ最大ノ悲痛ニ直面セシメラレタリ　戦後アメリカ軍ニ依リテ収容セラレタル一般県民ハ十月末ニ至リテモ尚郷村ヘノ帰還完了セズ十二月末ニ至リテ漸ク三々五々出表ノ姿ヲ見得ルノ状態ナリ中頭中部以南ノ激戦地区ニ於テハ知念半島ノ一部ヲ除キテハ村落ハ尽ク破壊セラレ跡形ヲ止メズ山野モ又猛烈ナル砲爆撃ト戦後ノ建設工作ノ為ニ変形セラレテ一木一草ヲ止メズ中頭北部国頭地区ト雖モ部落ハ戦禍ヲ蒙リテ壊滅シ耕サレザル田畑ニハ徒ラニ雑草ノミ生茂レリ社会組織モ又全面的ニ破壊セラレ元ノ官ハ官ニ非ズ　元ノ帥ハ帥ニ非ズ　新ナル市ニ新ナル吏員ガ新ナル学校ニ新ナル教師ト生徒ガ一時的ニ便宜的ニ組織セラレタルニスギズ今尚紛乱ノ中ニアリ今ヤ悲運ナル島民ハ其ノ衣食住ヲ連合国ノ好意アル給与ヲ俟チテ漸ク果シナキ沖縄復興ノ一歩ヲ踏ミ出シタリト雖モ前途遼々トシテ達セズ徒ラニ力ナキヲ歎クノミ　之ヲ一般教員状況ニツイテ見ルニ学舎ヲ失ヒ学友ヲ失ヒタル学童ガ三々五々打連レテ為スコトモ無ク見ル人ノ憐ヲソソリアリシモ八月ニ至リ漸ク各市城ニ若干ノ国民学校設定セラレ今ハ一日ニ二、三、四時間程度砂ニ字ヲ書キ土ニ画キテ学習ヲ再開セル模様ナリ生キ残レル中等学生モ亦糾合セラレ各市ニ一校宛設定セラレツツアル模様ナリ元ヨリ教科書未ダ確定セラレズ米軍政部要求ニヨル幾多ノ変更ノ為其ノ方途ヲ見出スニ困難ナリ教員モ又戦時混乱ノ中ニ或ハ戦死シ或ハ職ヲ失ヒタル者多キ一方無資格者教員氾濫シ未ダ其ノ組織ヲ完成セル模様ニ非ズ　又米軍政下ニ於ケル文教部ニアリテハ安里視学官　師範学校仲宗根教官　山里教官等新教科書ノ編纂ト努力スルト共ニ文教専門学校　英語教員養成所等十二月ヨリ一月ニカケテ開設セント努力シアリシ模様ナレド其ノ規模内容ヲ詳カニセズ　今ヤ沖縄ニ於ケル文教ハ沖縄ノ運命ト共ニ民族ノ大悲痛ノ中ニ動揺シテ其ノ根源ヲ失ヒ唯眼前ノ事態ニ応接スルニ暇ナキ有様ナリ　サレド生残リシ沖縄師範学校職員生徒或ハ傷ケル身体ニ鞭打チ或ハ病軀ヲオシテ動乱ノ真只中ニ或ハ戦災孤児ノ父トシテ母トシテ或ハ傷病民ノ友トシテ或ハ運命ノ児等ノ師トシテ　既ニ立上レリ　学舎ハタトヘ焦土ト化セウトモ清ク正シク薫シ　白百合　聽テコノ焦土ノ中ニ師魂ノ高ク咲キ薫ル日ノアルヲ信ズ

ひめゆり学徒隊生存・死亡状況

1995年3月1日現在

南風原陸軍病院動員　生存・死亡状況

	師範	一高女	教師	計
動員者数	１５８名	６５名	１８名	２４０名 （生徒２２２名・教師１８名）
死亡者数	８１名	４２名	１３名	１３６名 （生徒１２３名・教師１３名）
生存者数	７６名	２３名	５名	１０４名 （生徒　９９名・教師　５名）

陸軍病院動員及び動員以外の死亡状況

	師範	一高女	教師	計
陸軍病院動員	８１名	４２名	１３名	１３６名 （生徒１２３名・教師１３名）
動員以外	２８名	５０名	３名	８１名 （生徒　７８名・教師　３名）
計	１０９名	９２名	１６名	２１７名 （生徒２０１名・教師１６名）

※生存者１０４名中、戦後死亡　生徒７名、教師４名
　現在生存者　生徒９２名、教師１名、計９３名

※死亡地域

南風原陸軍病院	１１名
喜屋武半島	１３４名
米軍病院	１２名
北部	５名
その他の場所	１６名
不明	３９名
計	２１７名（うち死亡場所不明は７６名）

琉球新報　（沖3種郵便物認可）　沖1733号

「ひめゆり隊」を軍属に

確認も終え近く第一次申請

現地秘録で援護事務捗る

ひめゆり部隊の戦没学生があれほど涙ぐましい働きをしたにも拘らず、軍属として取扱われるかどうかについては今日まであいまいとなっていたが、さきに余[illegible]が[illegible]してその実情を当局[illegible]さらに経[illegible]元女子師範教授西平英夫氏らによって綴られた貴重な秘録〃ひめゆり部隊の報告書〃を親泊本社社長がもたらすに到って援護法の適用に重要な役割を果すことになった

そのためひめゆり同窓会では、一日も早く軍属としての適用を受けるよう個々の調査を進めつつあったが、このほど一高女十六名、師範女子部五十八名の調書が完成。第一次報告として近く日本政府へ送付されることになった。

同窓会では敗護学徒全員の調書作成を急いでいるので未提出の父兄は琉大仲宗根政善氏のもとへ連絡するよう望んでいる。

なお南連事務所および政府援護課、沖縄遺族会の方でも各学校で早急に戦没学徒の調査を行い、各市町村学校関係も援護会長金城和信氏に連絡するよう呼びかけている。

第一回報告として日本政府へ進達され生徒はつぎのとおり。

【沖縄師範女子部】東風平恵位（教員）、狩俣キヨ、山里トヨ、美里キヨ、渡久山ヨシ子、阿波根信子、知念[illegible]八重子、金城信子、比嘉ヨシ、[illegible]納[illegible]代、宮平トヨ、友利ハツ子、上地一子、[illegible]保[illegible]美、安村[illegible]江、宮城[illegible]子、[illegible]原[illegible]子、渡[illegible]敏[illegible]子、[illegible]平[illegible]子、大湾[illegible]子、宮城[illegible]米、[illegible]ウタ子、名嘉山スエ子、仲地[illegible]子、新垣[illegible]子、[illegible]屋武信子、仲本好子、野里末子、[illegible]島[illegible]子、大ます[illegible]子、比嘉照子、伊集[illegible]子、[illegible]原芳、石川文名城美恵、長浜昭子、[illegible]間文[illegible]子、吉川米子、安次[illegible]千[illegible]子、平田香美子、内間シマ子、上江洲[illegible]代、仲宗根[illegible]、又吉キヨ、津波古トシ、上地[illegible]子、宮城[illegible]子、仲村米子、山城芳、[illegible]数ヤス、石川ツル、古波[illegible]子、平良松四郎、（教員）親泊千代、[illegible]川[illegible]子、佐久川米子、上間道子

【沖縄県立第一高等女学校】仲里光子、宮城初子、与那嶺[illegible]子、波平[illegible]子、[illegible]良初子、金城シ子、[illegible]秀子、山里[illegible]子、照屋名登美、高嶺芳子、山里久子、長浜妙子、仲本きよ子、照屋[illegible]子、上原トシ子、金城[illegible]子、知念のぶ

植樹で米琉親善

琉大援助の那覇航空隊

十三日…名護町農業の岸本ホンエイさんが那覇航空隊に千本の植木を贈った、これはかねて同航空隊員によって学資金の援護をうけていたホンエイさんの実[illegible]琉大[illegible]ホンエイ君に対する米[illegible]の愛情に感謝の酬いをしたもので、植木をめぐる生きた米琉親善として話題となった

航空隊員は司令官ウィルアム・K・キンカイド大佐をはじめ全員が優秀な琉大生に学資援助を続けていた、植樹式には二十名の琉大生が協力した（新聞課）

春はそこ

陽氣にコチー

○…陽気な〃立春〃のお訪れとともにぬくかった今年の冬も早やに去り街には文字通り心浮き立つ春の気配がしのびよる。

○…ここ数日来の温い春の陽射しにつゝまれていつもなら〃弥生〃に花を開く〃こちよう〃も今春は半旬も早目に浮かれ咲き 池のほとりで純白の花びらをひろげて招春の一役を買っている。

○…最近では大陸高気圧もかなり弱まり[illegible]風一色のお

中教委補充は

ぜひ先島から

大島[illegible]に伴う中教委の補充に[illegible]

青年会、同成人会▽西原村宮城原正賢▽豊見城オリオン座社長区戸[illegible]組白根武雄▽同村城間区古波蔵信雄▽西原村[illegible]区一銭高組渠芝時光▽西原琉映館社班小料理店西平よし▽同村伊祖

屋我地

伊是名・伊平屋

第八二三號

判定書

住所　奈良縣吉野郡高見村鷲塚一二九番地

職名　沖縄師範學校教授　　氏名　西平英夫

明治四十一年十二月十五日生

右ノ者ハ昭和二十一年勅令第二百六十三號ノ規定ニヨッテ提出シタ書面ヲ審査シタトコロ昭和二十年十月二十二日附聯合國最高司令官覺書日本教育制度ニ關スル管理政策、同月三十日附同教員及教育關係官ノ調査、除外、認可ニ關スル件及昭和二十一年一月四日附同公務從事ニ適セザル者ノ公職ヨリノ除去ニ關スル件ニ掲ゲテアル條項ニ當ラナイ者デアルト判定スル

昭和二十一年十二月十九日

九州地區學校集團教員適格審査委員長　不破武夫

△舎監の教師たち　下段左から２番目が西平英夫氏

△寄宿舎の庭で草むしり

ひめゆり平和祈念資料館

〒901－0344

沖縄県糸満市字伊原671－1

TEL　098－997－2100/FAX098－997－2102

URL　https://www.himeyuri.or.jp/

［交　　通］那覇より34・89のバスで糸満市まで約30分、さらに糸満市より82・107・108のバスで約15分、ひめゆり塔前下車

［設立・運営］財団法人沖縄県女師・一高女ひめゆり同窓会
（現公益財団法人沖縄県女師・一高女ひめゆり平和祈念財団）

［設立年月日］1989年6月23日（2021年4月、展示リニューアル）

［設 立 目 的］「戦争体験を語り継ぎ、戦争の実相を訴えることで、再び戦争をあらしめないよう全力を尽くし」「この思いをひめゆりの心とし、永遠に世界平和を訴え続けることこそが、あたら尊い生命を失った生徒らや職員の鎮魂と信じ」設立（同館公式ガイドブックより）

［展 示 内 容］「ひめゆりの学校」「ひめゆりの戦場」「ひめゆりの証言映像」「鎮魂」「ひめゆりの戦後」「平和への広場」の6つの展示室から構成される。また「多目的ホール」では100インチの映像スクリーンを備え、元ひめゆり学徒による講話や、証言ビデオの上映を行い、付属VTR室でも証言ビデオの視聴ができる。

［開 館 時 間］午前9時～午後5時25分（入館受付は午後5時まで　年中無休）

［入　館　料］大人450円／高校生250円／小・中学生150円
（団体20人以上に割引あり）

［そ　の　他］「ガイドブック」「墓碑銘」「館報」「資料集」などを発行

［資料協力］

財団法人　沖縄県女師・一高女ひめゆり同窓会、ひめゆり平和祈念資料館

森川方達氏

あとがき

　父は沖縄から帰った直後から、終日机に向いメモを繰ったり腕ぐみして考え込んだりしながら書き物に没頭していた。その後姿は何か近寄りがたく私はとても淋しかったと記憶している。それが昭和二十一年一月二十日付で文部省に提出した「沖縄戦闘下に於ける沖縄師範学校状況報告書」であったと思われる。この報告書は八年もの間闇をさまよった後戦没学徒に対する国の補償の道をひらくことになったが、その知らせが届いたのは父の死の一カ月後のことであった。

　父は沖縄戦のさなかにあっても壕中や砲弾の止み間に克明なメモをつけていた。それらは戦下で焼失したり、降伏時に没収されたりしたようだが、アメリカ軍の収容所内で記憶を頼りに再び作成し郷里へ持ち帰った。すべて鉛筆書きで、ワラ半紙を糸で綴じた「沖縄決戦譜」「沖縄決戦反省録」と題するメモ帖には昭和二十年十月の日付がある。またアメリカ軍のものらしい青い罫紙に書かれた「沖縄戦記」というものもある。中でも「戦没者名簿」は、一人一人の生徒の死亡日時、死亡状況、遺髪の有無がくわしく記してあった。

　父が本箱の奥深く大切にしまっていたこれらのメモを取り出し、沖縄戦の記録を書きはじめたのはたしか昭和二十六年ごろだったと思う。その頃は少しずつ沖縄に関する出版物も出ていて父はそれを自分のメモと照合し、丹念にチェックしながら毎夜遅くまで書いていた。

「昭和二十一年七月、幸便に托された仲宗根君の便りによってひめゆりの塔が出来たことを知った私は、当時の非常な困難を押し切ってこの塔を建ててくれた金城和信氏や仲宗根君に深く感謝するとともに、この塔に祀られている少女等の面影が一人一人思い浮かべられその最後の模様がいろいろと想像されて絶えないのであった。何時の日か、必ずやこの塔に詣で、不敏にしてかくも多くの犠牲を出した罪を詫び、その冥福を祈らねばならないと心に堅く誓うのであった。

沖縄の島を思へば　乙女等の
むせぶ声すなり　野にうみに」

父は手記の第三部をこのように結んでいるが（本書では割愛）、その誓いを果たせぬまま他界した。

一九八九年六月、私は「ひめゆり平和祈念資料館」の落成式に学徒隊長の遺児として招かれた。その日は激しい雨で、悲劇の舞台となった洞窟への道はぬかるみ、踏まれて足下に砕ける珊瑚のかけらが骨片のように思われ、ためらう歩を人波に押されようやく入口にたどりついた。陸軍病院第三外科壕を再現した資料館の中は薄暗く、壁に並んだ乙女たちの遺影が胸にせまる。一人一人の写真に付された人柄、死亡状況などの文字が、鉛筆書きの父のメモと重なって涙があふれ、遠くなった父の面影が乙女たちの遺影の中から浮んできて私はしばらく立ちつくしていた。

私は弟妹たちともはかつて、この資料館に父の遺品のすべてを収めた。そこが父の魂の最もやすらぐ場所だと考えたからである。

父が死んで四十一年になる。今年の六月には又資料館の父に会いに行こうと思っている。

今回本書の刊行に際して、ひめゆり同窓会の方々に大変お世話になった。また雄山閣の垂水裕子さんのお力添えに感謝し、厚くお礼申し上げます。

一九九五年五月

松永英美

この本は一九七二年三月一五日、株式会社三省堂より刊行された〈三省堂新書〉『ひめゆり学徒隊の青春』を増補・改題して刊行したものである。

■著者紹介

西平英夫（にしひら　ひでお）

1908（明治41）年、奈良県に生まれる。

京都大学哲学科卒。

1938（昭和13）年、沖縄師範学校教授となり、生徒主事、沖縄決戦下のひめゆり学徒隊本部指揮班に所属、ひめゆり学徒隊長の位置にあった。

1946年1月、沖縄より帰る。1949年9月、山口大学教授。

1954年1月4日、没。

松永英美（まつなが　ひでみ）

西平英夫氏の長女。1994年、中国放送を報道局次長で退職。

平成7年（1995）6月20日　初版発行
平成20年（2015）5月31日　新装版発行
平成27年（2015）6月25日　第三版発行
平成27年（2015）7月10日　第三版2刷発行
令和7年（2025）4月25日　第四版発行

《検印省略》

ひめゆりの塔（とう）【第四版（だいよんはん）】

—学徒隊長（がくとたいちょう）の手記（しゅき）—

著　者　西平英夫

発行者　宮田哲男

発行所　株式会社　雄山閣

〒102-0071　東京都千代田区富士見２－６－９
TEL　03-3262-3231㈹／FAX：03-3262-6938
URL　https://www.yuzankaku.co.jp
e-mail　contact@yuzankaku.co.jp
振替　00130-5-1685

印刷・製本　株式会社 ティーケー出版印刷

ISBN978-4-639-03051-5　C0021
N.D.C.210　200p　19㎝